수필, 영화를 탐하다

이대범 지음

북스힐

들어가는 글

영화는 동시대의 징후에 예민하게 반응하는 매체다. 영화는 세상을 이해하기 위해서 반드시 공부해야할 텍스트다. 영화는 꽉 채워진 텍스트가 아니라 구멍이 숭숭 뚫린 텍스트다. 구멍을 메우며 의미를 찾는 일은 관객의 몫이다. 내가 영화를 시험 공부하듯이 반복해서 감상하는 이유다.

영화를 감상하고 정리한 메모들이 제법 쌓였다. 글로 풀어내지 않으면 메모에 담긴 느낌과 생각들이 비산할지도 모른다는 강박에 시달렸다. 글을 쓰는 사람들은 안다, 강박에서 벗어나는 유일한 출구는 글쓰기뿐이라는 것을.

잘 익은 술은 맛도 좋지만 향기도 그윽하다. 술로 치면 덜 숙성된 술 같은 글들이 마음에 걸린다. 「방동리별곡」, 「수필을 위한 반성문」에 이어 세 번째 수필집을 상재하면서도 알묘조장의 폐단에서 벗어나지 못했다. 다음 작품집에서는 고질(痼疾)과 결별할 수 있을는지. 여전히 수필쓰기는 어렵기만 하다.

영화 매체에 대한 소박한 생각을 담은 글들로 1부를 엮었다. 2부는 영화를 프리즘 삼아 세상을 분석한 글로 꾸렸다. 끝으로 3부는 영화를 거울삼아 내 삶을 비춰본 글들로 엮었다. 자의적인 구분이라 경계가 분명한 것은 아니다.

스무 해도 훨씬 전에 맺은 인연에 기대 이분께 또 신세를 졌다. 돈 안 되는 수필집을 흔쾌히 내주신 북스힐 조승식 사장님께 감사드린다.

2023년 12월
이대범

차 례

[1부] 브라보 마이 라이프 - 영화와 함께한 행복한 인생

[2부] 세상을 읽는 안테나, 영화

[3부] 영화에 비춰본 내 인생

영화 목록

1부

브라보 마이 라이프

영화와 함께한 행복한 인생

PARAMOUNT PICTURES PRESENTS
Ali MacGraw • Ryan O'Neal

The Year's #1 Best Seller

A HOWARD G. MINSKY · ARTHUR HILLER Production

John Marley & Ray Milland Written by ERICH SEGAL Directed by ARTHUR HILLER
Produced by HOWARD G. MINSKY Executive Producer DAVID GOLDEN Music Scored by FRANCIS LAI GP IN COLOR A PARAMOUNT PICTURE

러브스토리 Love Story, 1970

감독: 아서 힐러

출연: 알리 맥그로우, 라이언 오닐, 존 마리, 레이 밀렌드 외

"사랑은 미안하다는 말을 하지 않는 거야"

-「러브 스토리」중 올리버의 대사

영화로 세상을 품다

영화가 없었다면 내 삶은 팍팍했을 것 같다. 내게 영화는 학교 밖의 교과서였고 갈증을 풀어주는 청량음료였으며 마음의 상처를 치유해 주는 복음이었다.

에란 리클리스 감독의 「레몬트리」를 통해서 팔레스타인들의 애환을 헤아릴 수 있었고, 리들리 스콧 감독의 「킹덤 오브 헤븐」을 통해서 대의가 분명한 전쟁보다 불안정한 평화가 가치 있음을 깨쳤고, 니콜라스 하이트너 감독의 「크루서블」을 감상하고 나서 마녀재판의 폐단을 이해할 수 있었다. 「라스트 홀리데이」·「맘마미아」·「라스트 크리스마스」를 감상하고 느꼈던 청량감은 잊을 수가 없고, 「울지마, 톤즈」·「프라이드 그린 토마토」·「레인 오버 미」·「스트레이트 스토리」 등의 영화가 남긴 여운은 모든 근심과 걱정을 덮고도 남을 정도였다.

내용이 좋아서 오래 기억에 남는 영화가 있는가 하면, 영화 속의 풍광이 아름다워서 다시 보고 싶은 영화도 있다. 그런가 하면 영화 음악이 좋아서 반복해서 감상하는 영화도 있다. 엔리오 모리코네나 존 윌리엄스, 한스 짐머 등이 음악을 담당한 영화는 영화 음악 때문에 오래 기억에 남는다. 나는 그 중에서도 클래식 음악을 배경음악으로 사용한 작품들을 좋아한다.

모차르트의 '클라리넷 협주곡 A장조 2악장 아다지오'와 '현을 위한 디베르티멘토 D장조'가 흐르지 않는 「아웃 오브 아프리카」를 상상할 수 없다. 그 뿐인가. 모차르트의 피아노 협주곡 21번 없는 「엘비라 마디간」이나 말러 교향곡 5번 4악장 아다지에토 없는 「베니스에서의 죽음」을, 조르다노의 오페라 「안드레아 세니에」 중 '라 맘마 모르따' 없는 「필라델피아」를, 그리고 사무엘 바버의 '현을 위한 아다지오' 없는 「플래툰」을 나는 생각할 수 없다.

고등학교 시절까지 영화는 금기였고 사치였다. 촌놈이라서 극장을 자주 드나들 형편도 아니었지만, 어쩌다 큰맘 먹고 극장을 찾을라치면 학생과 선생님들이 허리춤에 손을 얹고 극장 문 앞에 버티고 서 있었다. 참 이상한 시절이었다. 한 학기에 두어 번 단체로 감상하는 작품들은 「돌아오지 않는 해병」류의 반공영화였고, 관람 후에는 반드시 감상문을 제출해야 하는 과제가 부여됐었다.

그런데 반공영화도 아니고 숙제도 없는 영화를 볼 기회가 있었다. 아서 힐러 감독의 「러브 스토리」다. 관내에 있는 모 여고도 같은 날

단체관람을 한다는 소문이 돌자 좀 노는 애들은 환호했다. 들뜬 마음으로 친구들과 극장에 도착해보니 소문대로 교복을 입은 여학생들로 북적였다. 영화가 시작되고 얼마 지나지 않아 여기저기서 여학생들의 비명 소리가 들렸다. 짓궂은 놈들이 새총으로 콩을 쏴댔기 때문이다. 현장 지도를 나온 선생님들이 색출(?)한 녀석들의 귀를 잡고 끌고나갔다.

「러브 스토리」는 내용도 배경음악도 지금까지 감상했던 영화와는 차원이 달랐다. 충격적이었다. 엔딩 크레디트가 다 올라가고 불이 환하게 들어왔지만 쉽게 자리에서 일어날 수가 없었다. 감동도 감동이지만 눈물을 흘려서 눈이 벌겋게 충혈이 됐기 때문이다. 친구 말대로 쪽팔려서 한참을 앉았다가 일어섰다.

제니를 보내고 혼자 아이스하키 코트를 찾은 올리버가 지난날을 회상하는 장면은 정지된 채로 기억에 남아있다. 자막으로 흐르던 '스물다섯의 나이에 세상을 떠난 여자를 어떻게 생각하시나요. 아름답고 총명했고, 모차르트와 바흐를 좋아했고, 비틀즈를 좋아했고, 그리고 나를 사랑했죠.'라는 올리버의 독백이 아직도 들리는 듯하다. 주제곡과 제니와 올리버가 눈 쌓인 센트럴파크에서 뒹구는 장면에서 배경음악으로 흐르던 '눈장난'은 연말이나 눈이 내리는 날에는 자주 방송을 타는 명곡들이다.

취미삼아 클래식 음악을 배경음악으로 사용한 작품을 찾아서 감상하고 쓴 글들이 제법 쌓였다. 기회가 되면 책으로 엮어서 가까운 사람들에게 나눠줄 생각으로 메모한 내용을 입력하고 관련 자료들을 찾는 중이었다. 조금 더 보완할 생각으로 차일피일 미루고 있는데 지인이 술자리에서 만난 방송국 프로듀서에게 나를 영화음악 전문가라고 소개하는 바람에 졸지에 전문가 행세를 하게 됐다. 그날 만남을 계기로 클래식 음악을 들려주는 지역의 라디오 방송에 출연하게 돼 '영화 속의 클래식' 코너 방송을 3년째 진행하고 있다. 인터넷을 검색하고 관련 서적을 뒤적이며 원고를 작성하는 작업이 버겁지만 이 일을 즐기고 있다. 가끔 방송 잘 듣고 있다며 인사를 건네는 사람들 덕분에 보람도 느낀다.

같은 작품을 여러 번 반복해서 감상하다보니 가끔 영어 문장도 알아듣는 기쁨도 크다. 영화와 원작을 비교하며 분석하는 즐거움, 인터넷에 떠도는 자료의 오류를 발견했을 때의 뿌듯함은 비길 데가 없다.

뭐니 뭐니 해도 새로운 공부에 도전할 수 있다는 자신감을 가질 수 있어 보람을 느낀다. 결국은 나를 위한 것이 되겠지만 노인들을 위한 영화프로그램을 만들고 싶다. 청소년들에게 희망을 줄 수 있는 프로그램과 다문화가정 어린이를 위한 프로그램을 만들고 싶다. 위기에 빠진 중산층 부부들을 위한 프로그램도 만들고, 세상과 불화를 빚으면서 고독하게 사는 사람들을 위한 프로그램도 만들고 싶다. 내친 김에 영화치료 프로그램을 만들어서 고통 받는 사람들을 위무하고 싶다. 영화로 세상과 소통하고 영화를 통해 사람들이 행복하게 살 수 있는 세상을 만들 수만 있다면 뭐든 하고 싶다. 영화로 세상을 품고 싶다.

제니가, 아니 며느리가 아프다는 소식을 듣고 병원을 찾은 아버지와 올리버가 회전문에서 서로 마주치는 장면을 잊을 수 없다. 어긋남과 때늦음을 이보다 더 잘 표현할 수 있을까. 미안하다는 아버지에게 올리버는 '사랑은 미안하다고 말하지 않는 것'이라고 말한다. 과거 제니에게 했던 것처럼.

미안해 할 일이 없는 삶은 희망사항으로나 가능한 것일까. 아무튼 달려보자, 힘자라는 데까지.

블랙 Black, 2005

감독: 산제이 릴라 반살리

출연: 아미타브 바흐찬, 라니 무커르지, 아예사 카푸르, 쉐나즈
파텔, 드리티먼 샤터지 외

"저 아이에게 가르쳐주지 않았던 유일한 단어가 '불가능'입니다."

- 영화「블랙」중 사하이 선생의 대사 중에서

"꿈은 눈으로 보는 것이 아니라 마음으로 보는 겁니다. 전 눈이 보이지 않지만 꿈이 있어요."

- 영화「블랙」중 미셸의 대사 중에서

"저에게는 모든 게 검습니다. 하지만 선생님께서 검은색의 새로운 의미를 알려주셨습니다. 검은색은 어둠과 갑갑함뿐만이 아닙니다. 성취의 색, 지식의 색입니다. 졸업가운의 색이기도 하죠. 하지만 나는 오늘 그 가운을 입지 않았습니다. 왜냐면, 졸업 가운을 입은 모습을 제일 먼저 선생님께 보여드리고 싶어서입니다."

- 영화「블랙」중 미셸의 대사 중에서

나는 행복한 이동극장 극장장

나이 들어서도 할 일이 있으면 행복하다. 하는 일이, 할 수 있는 일이 소외받는 이웃을 위한 일이라면 보람도 있고 더 없이 행복할 것이다.

그동안 수집한 영화 자료들을 이용해서 할 수 있는 일을 궁리하다가 찾아가는 이동극장 프로그램을 운영하기로 했다. 포터블 스크린과 노트북, 빔 프로젝터, 스피거, 차광막을 싣고 노인정을 찾아다니면서 어르신들과 함께 영화를 감상하고 대화하는 일이 즐거웠다. 관내 노인정과 노인 보호시설을 부지런히 순회했다. 반응도 기대 이상이었다. 소문이 나면서 여러 곳에서 의뢰가 들어왔다. 바쁠 때는 매주 출장(?)을 나가야 해서 백수가 과로사할 지경이었지만 부탁을 거절할 수 없었다.

시간이 갈수록 어르신들이 선호하는 작품을 선정하고 편집하는 일이 쉽지 않았다. 외화는 자막을 읽어야 하는 부담 때문에 반응이 좋지 않았다. 선정적이거나 폭력적인 장면이 많은 작품은 금기였다. 상영시간이 길어도 불만이었다.

어르신들은 우리나라 영화로 상영 시간이 90분 정도이면서 신영균·신성일·박노식·최무룡·허장강·김희갑·문희·윤정희·남정임 등이 출연한 60-70년대에 유행했던 작품에 환호했다. 그리고 멜로물이나 사극, 코미디물 등을 선호했다. 배꼽 빠지게 웃고 눈물을 펑펑 쏟을 수 있는 영화면 대만족이었다. 그런 날은 큰 박수 소리와 함께 프로그램을 마무리할 수 있었다.

'발 없는 말이 천리 간다.'는 속담처럼 소문은 멈추지 않았다. 발달장애 친구들을 위한 프로그램을 운영하는 기관에서 연락을 받았다. 책임자로부터 간단한 기관 소개와 프로그램 진행 방식에 대한 설명을 듣고 매월 짝수 토요일 회당 두 시간씩 총 10회의 대장정을 시작했다. 만남부터가 낯설었다. 중등과정에 재학 중인 발달장애 학생 십여 명이 대상이었고, 보조 교사 두 분의 도움을 받아 진행했다. 자리를 잡는 데만 10여 분이 소요됐다. 가끔 돌발적인 행동을 하는 친구들이 있어 당황하기도 했다.

작품 선정을 하면서 많은 고민을 했다. 친구들과 같은 처지의 주인공이 등장하는 작품을 위주로 프로그램을 만들었다가 수정했다. 친구들이 쉽게 공감할 수는 있겠지만 오히려 친구들을 장애인으로 규정하는 인상을 주는 것이 마음에 걸렸다.

우리와 같은 시각에서, 장애나 신분의 제약 등을 극복한 주인공의 삶을 객관적으로 바라볼 수 있는 작품 위주로 프로그램을 만들었다. 첫 작품은 헬렌 켈러의 실화를 바탕으로 만든 영화 「블랙」. 미셸이 졸업식에서 연설하는 장면에서 눈물을 훔치는 친구들을 보았다. 성공을 예감했다. 또 발달장애 친구들이 나와 그리고 일반 친구들과 다르지 않다는 것을 확인했다. 감상이 끝난 후 대화시간에도 어눌하지만 자신의 생각을 스스럼없이 이야기하는 친구들이 대견했다.

꿈, 용기, 관계와 소통, 말(언어), 가족, 배려, 신뢰 등을 열쇠말로 프로그램을 진행하면서 화면 속으로 스며드는 친구들을 바라보는 기쁨은 비길 데가 없었다.

손 맥나마라 감독의 「소울 서퍼」를 감상하면서 주인공 베서니 해밀턴이 상어의 습격을 받아 한 쪽 팔을 잃었을 때 함께 탄식했고, 베서니가 재기하는 과정을 지켜보면서 함께 환호했다.

흑인 최초로 인종 차별의 벽을 넘어 미 해군의 다이버가 된 칼 브래서의 실화를 다룬 영화 「맨 오브 아너」를 감상할 때 친구들은 인종차별에 함께 분노하고, 칼의 성공과 재기에 뜨거운 갈채를 보냈다.

사람과 썰매견의 우정을 다룬 프랭크 마샬 감독의 「에이트 빌로우」를 감상하면서 자체 생존을 이어가는 썰매견들의 지혜와 배려를 지켜보며 감탄했고, 신뢰를 저버리지 않은 탐험대원 제리와 썰매견들의 재회를 보면서 함께 감격했다.

「다우트」를 보면서 의심과 험담 폐해의 심각성을 공감했고, 「굿

「윌 헌팅」을 감상하면서 윌의 성공을 간절히 기원했고 경청의 중요성을 배웠다.

「취한 말들을 위한 시간」을 통해 약소민족의 설움과 역경 속에서도 가족을 지키기 위해 최선을 다하는 소년가장의 모습에 감동하며 가족의 소중함을 체험했다.

　처음에는 눈길을 외면하고 대답을 꺼리던 친구들도 시간이 지나면서 자연스럽게 인사하고 말을 걸어왔다. 그렇게 열 번의 만남이 끝나는 날 영화를 또 보여 달라며 아쉬워하는 친구들에게 내년에 다시 만나자고 약속하며 헤어졌다. 친구들과 함께 하는 동안 내내 즐겁고 행복했다. 「에이트 빌로우」를 감상하고 총평을 하면서 약속의 중요성을 강조했었다. 이 친구들과 한 약속을 어길 수는 없는 노릇. 내년에도 친구들과 행복한 동행을 이어가야 할 것 같다.

　발달장애 친구들은 우리와 다르지 않았다. 몸은 불편하지만 약간의 도움을 받으면 그들이 하지 못할 일은 없다. 다만 다른 사람들보다 시간이 조금 더 걸릴 뿐이다. 말이 어눌하지만 눈을 맞추고 대화하면 소통하는 데도 큰 어려움이 없다. 말을 더듬거리며 반복하는 것이 이상하게 보일지 모르겠지만 자신의 생각을 표현함에는 전혀 부족함이 없다. 성한 몸을 가지고 보면서도 보지 못하고 들으면서도 듣지 못하고 바르게 생각을 하지 못하는 사람들이 오히려 더 문제다. 그들은 우리와 다르지 않았다, 조금도.

남들은 내가 하는 일을 봉사라고 말들 하지만, 아니다. 이동극장
극장장을 자임하면서 인생을 즐기고 있을 뿐이다.

트리 오브 라이프 The Tree of Life, 2011
감독: 테렌스 맬릭 Terrence Malick
출연: 브래드 피트, 숀 팬, 제시카 차스테인 외

"내가 땅의 기초를 놓을 때 네가 어디 있었느냐. 네가 깨달아 알았거든 말할지니라.

그때에 새벽 별들이 기뻐 노래하며 하느님의 아들들이 다 기뻐 소리를 질렀느니라."

- '욥기' 38장 4절, 7절

영혼의 주사, 영화에 빠지다

거대 문화자본이 제작에서 배급까지 독점하면서 우리 영화 중에도 천 만 관객을 동원한 작품들이 많아졌다. 천만 관객을 끌어 모으는 작품들이 한 해에도 여러 편씩 양산되고 있다.

많은 관객이 선택한 영화가 좋은 영화일까? 그렇지만은 않은 것 같다. 전국의 멀티플렉스 영화관을 상영관으로 독점하면서 세운 기록이 무슨 의미가 있겠는가. 관객의 선택권을 제한하며 부풀린 통계수치로 관객을 현혹하여 이룩한 기록은 허수다.

나는 늘 천만 명 이상 관객을 동원한 영화의 천만 몇 번째 관객이었다. 무슨 생각이 있어서라기보다 게을러서, 휘둘리기 싫어서 미루다가 늦게 감상했을 뿐이다. 작품에 대한 논의가 소진되고, 관객이 감소해 종영할 무렵이 돼서야 극장을 찾았다. 명성에 걸맞은 작품도 있지만 기대에 미치지 못하는 작품도 적지 않았다. 보는 재미도 있어야겠지만 생각할 거리를 제공하는 영화가 좋은 영화라는 게 나의 지론이다. 천만 관객 동원 영화가 봇물을 이루는 중에도 좋은 영화에 대한 나의 갈증을 해소되지 않았다.

거장 반열에 오른 크리스토퍼 놀란과 데이비드 핀처가 존경하는 감독으로 꼽았다는 감독, 테런스 맬릭의「트리 오브 라이프」를 감상했다. 거푸 세 번을 반복해서 감상했다. 그리고 나서야 감독의 의중을 조금 파악할 수 있었다. 칸영화제가 황금종려상을 수여한 이유도, BBC가 이 영화를 21세기 위대한 영화 7위에 선정한 이유도 알 것 같았다.

영화는 자막을 통해 성경「욥기」의 38장 4절과 7절을 인용하면서 시작된다. 40대 중반의 성공한 건축가 잭이 자신의 유년기를 회상하며 보이스 오버 내레이션을 통해 영화를 이끌어 간다.

행복하고 단란한 삶을 살고 있던 잭의 가정에 우체부가 잭의 동생인 둘째 아들의 죽음을 알리는 우편물을 전달하면서 가족이 슬픔에 빠진다. 이웃들이 위로하지만, 어머니는 "주님, 당신에게 성실하지 못했나요? 왜? 당신은 어디에 계셨나요? 당신은 알고 있었지요? 우리가 당신에게 무엇입니까? 대답해 주세요."라고 하느님에게 묻는다.

영화「트리 오브 라이프」는 둘째 아들의 갑작스러운 죽음으로 온 가족이 겪는 고통을 보여주는 현대판 '욥기'라고 할 수 있다. 큰 아들 잭과 자애로운 어머니는 인간이 겪는 고통의 원인이 무엇인지, 욥이나 자신들처럼 신을 섬기고 선하게 살아가는 인간이 고난을 당할 때 신은 왜 침묵하는지, 신에게 인간은 어떤 존재인지 등을 항변하듯이 묻고 있다.

테렌스 맬릭 감독은 이 질문에 대한 답을 우주의 빅뱅으로부터 천지 창조가 이루어지기까지 과정을 신비롭고 상징적으로 보여주는 듯한 몽타주 영상으로 제시한다. 영화의 시작 장면에서 보여주었던 욥기의 내용을 신비로운 영상으로 재구성한 것이라고 할 수 있는 이 영상은 동생을 잃은 잭과 자식을 잃은 어머니의 질문에 대한 신의 대답이다. 우주의 작은 점에 불과한 지구, 지구의 또 작은 점에 지나지 않는 한 가정에서 일어나는 모든 일들이 행복한 일이든 불행한 일이든 우주 적 관점, 즉 신의 관점에서 이해되어야 한다는 것이다.

'욥기'의 욥은 주님의 말씀에 충실한 인물인데 풍족했던 재산을 모두 잃고, 일곱 아들과 세 딸을 잃는 불행을 겪는다. 온몸에 부스럼까지 생겨 극심한 고통을 당하자 신을 원망한다. 욥의 친구들은 불행에 빠진 욥을 정죄하고, 그 원인을 욥의 잘못에서 찾으려고 추궁한다.

세 친구 엘리파즈·빌닷·초파르의 추궁에 욥은 '인간의 삶이 신의 주관 아래에 놓여 있고, 신을 받드는 인간이 갑작스럽게 절망에 빠진 상황을 해명할 수 있는 유일한 존재도 신'이라며 친구들에게 항변한다. 위로의 말을 기대했던 욥은 자신의 고난이 인과응보로 주어진 것이라 는 친구들의 비난을 듣고 더 큰 상처를 받는다. 자신에 대한 저주와 탄식, 자책에 빠져 신을 원망하던 욥은 마음을 바꾸어 자신의 불행을 받아들이면서 '숨은 신'의 품으로 돌아간다. 이 과정에서 욥은 인내와 절제로 자기 고통을 초극하려는 의인이었지만, 자신의 고통을 외면하는 무심한 신, 곧 '숨은 신' 앞에서 갈등을 겪는 인간의 모습을 보여준다. 테렌스 맬릭 감독은 갈등하는 욥을 소환하여 인간의 그릇된 신앙을 경계하려는 듯하다.

　창세기의 내용대로라면 최초의 인간인 아담과 이브가 선악과를 따먹은 원죄 때문에 인간은 생명나무 열매를 먹을 수 없게 되었다. 에덴동산으로부터의 추방은 인간이 죽을 수밖에 없는 존재로 전락한 것을 의미한다. '에덴의 동쪽', 카인이 아벨을 죽이고 쫓겨 간 곳이다. 그곳은 죄인이 머무는 곳이며, 신에게서 추방당한 자들의 유배지다. 아담과 이브의 원죄 때문에 인간은 욥이나 오브라이언의 가족처럼 추방당한 자, 수고하는 자, 거부당하는 자로서 고통스럽게 살아갈 운명을 타고난 존재다. '트리 오브 라이프'는 추방 이후에 에덴동산으로 돌아가기를 갈망하는 인간이 신에게 다가가기 위해 노력하는 삶의 지향점이다. 에덴동산으로 돌아가기 위해 인간은 무심한 '숨은 신'의 외면이 계속되더라도 어떤 고행이든 감내해야 할 숙명을 타고난 존재다. 기독교 신앙 안에서 구원이나 에덴동산으로의 회귀는 인간의 의지에 속한 영역이 아니라 신의 의지에 속한 영역이다. 진인사대천명(盡人事待天命)이 인간이 할 수 있는 전부다.

　「트리 오브 라이프」를 감상하고 내 신앙의 현주소를 되돌아보았다. 보고서를 쓰는 심정으로 문제의 장면들을 반복해서 감상하며 바람직한 신앙의 자세를 고민했지만, 오히려 더 큰 혼돈의 심연으로 빠져들고 말았다. 욥이나 오브라이언 가족이 겪은 불행이 내게 닥친다면 그들처럼 신의 주관에 나를 기꺼이 맡길 수 있을까? 숨은 신의 시험과 심판을 인내할 용기가 나에게 있는 걸까? 하느님도 잘못하면 자기한테 혼난다며 허공에 주먹을 휘두른 태극기부대 목사처럼 신을 겁박해야 하나? 모르겠다.

이미 열 번도 더 감상했지만 「트리 오브 라이프」를 여러 번 반복해서 감상할 것 같은 예감이 든다. 영화는 영혼의 주사 같은 건가 보다.

영화의 배경음악으로 흐르는 존 태버너의 「장례기도 성가」, 기야 칸젤리의 「크리스마스 없는 인생」 중 '아침기도', 즈비기뉴 프라이스너의 「내 친구를 위한 레퀴엠」 중 '눈물의 날'을 비롯해서 베를리오즈·오토리노 레스피기·구스타프 홀스트·스메타나·브람스·바흐·구스타프 말러·무조르그스키·모차르트 등의 주옥같은 클래식 음악이 주는 감동만으로도 위안을 받을 수 있어 더욱 그렇다.

"욥은 튼튼한 둥지를 지을 거라고 자신했지요. 흠 없이 살면 불행이 비껴갈 거라 믿었어요. 친구들은 그릇된 생각으로, 하느님이 욥을 벌하시는 것은 몰래 죄를 지어서라고 했지만 그렇지가 않아요.

의로운 자에게도 고난은 닥칩니다. 우리의 힘으로는 막을 수 없으며, 자녀를 지킬 수도 없어요. 우리는 자신의 불행을 막을 수도 없을 뿐더러 자식의 불행 역시 막을 힘이 없어요.

지금의 순탄한 삶이 영원하리라 믿겠지만 결코 그렇지 않습니다. 구름처럼 사라지고 가을 풀잎처럼 시들며 나무뿌리처럼 뽑혀 나가는 게 사람이죠. 하늘의 섭리에 어떤 모순이 있는 걸까요. 세상에 영원한 것은 없나요?

우리는 앞으로 나아가야 해요. 부나 생명보다 값진 길을 좇아야 합니다. 그것만이 우리에게 평안을 주는 길입니다.

현인이나 의인은 육신의 고통에서 자유로울까요? 그들도 마음의 아픔과 신체적 장애에 따른 몸의 불편함은 물론 나약한 체력으로 질병을 얻습니다.

여러분은 하느님을 믿습니까?

욥 또한 하느님을 섬겼습니다.

친구나 자녀가 든든한 버팀목이라고요?

불행에게서 숨을 곳은 그 어디에도 없습니다. 언제 불행이 닥칠지 아무도 몰라요. 욥이 몰랐듯이 말이죠.

욥은 가진 전부를 잃는 순간 하느님이 행하심을 깨달았습니다. 그는 덧없는 세상사를 내려놓고 영원한 생명을 갈구했어요.

베푸시는 하느님만이 하느님입니까? 거두시는 하느님 또한 우리의 하느님 아닌가요? 지켜주는 하느님만이 하느님이라 보십니까? 등을 보이시는 하느님 또한 하느님이십니다."

- 영화 「트리 오브 라이프」 중 목사의 기도

위대한 침묵 Into Great Silence, 2005

감독: 필립 그로닝 Philip Groning

만든 사람들: 필립 그로닝, 엘다 귀디네티, 앙드레스 파필리, 미하

엘 베버 외

침묵 소고(小考)

침묵은 고요하다,
속삭인다,
아우성친다.

침묵은 언어의 한계를 넘어서는 초월이다.
고요 속에서 본원적인 진리를 드러내고
완만하고 투명한 변화 속에서 거짓의 가면을 벗긴다.

헛것에 휘둘려 분주한 중생들, 그리고
길을 잃고 머뭇거리는 순례자 앞에 봉인한 상자를 남기고
침묵은 말없이 등을 돌린다.

모든 감각이 잦아들고
비로소 마주한 이데아는 여전히 희미한데,
기도는 흩어지고 메아리마저 없다.

의식이 명료할수록 침묵은 깊어지고
나는
심연을 알 수 없는 밑바닥에서 건져 올린
희미하고 선명한, 때로는 서늘하고 뜨거운 기억들 사이를 지나
더 깊은 곳을 향한다.
놀란 산짐승처럼 경직된 몸짓으로
어둠 속 계단을 내려간다,
아래로.

끝도 모르는
심연 속으로.

- 자작시 「침묵 소고(小考)」 전문

수레너미재에서 길어 올린 상념들

필립 그로닝 감독의 다큐멘터리 영화 「위대한 침묵」은 특별하다. 감독은 관광객은 물론 일반인의 출입을 엄격하게 제한하는 봉쇄 수도원인 카르투지오 수도원 수도사들의 삶을 카메라에 담았다. 이곳의 수도사들은 자신들의 일생 중 65년 이상을 독방에서 생활하며, 언제나 같은 기도문을 외고, 매일 같은 의식을 행하면서 반복적인 일상을 살아간다. 수도사들은 장구한 세월을 침묵으로 일관하며 본원적인 가치를 궁구한다.

필립 그로닝 감독은 영화 「위대한 침묵」을 통해서 언어를 배제하고 침묵으로 대상을 이해할 수 있는 가능성을 열어 보였다. 언어가 주는 편견과 사고를 배제하고 오직 침묵을 통해서만 사물의 본연의 가치를 발견하는 방법을 제시했다.

언어의 한계는 소쉬르나 구조주의자들을 소환하지 않아도 알 수 있다. 콜럼버스는 '발견'이라 하고 원주민은 '침략'이라고 한다. 미국은 '테러'라고 하고 알 카에다는 '성전'이라고 하며, 한쪽에서는 '혁명'이라고 하고 다른 진영에서는 '쿠데타'라고 한다. 부모와 교사는 '사랑'이라고 말하는 데 자식과 학생은 '구속'이라고 하며, 기업은 '개발'이라고 하고 환경론자들은 '파괴'라고 한다. 지향하는 이념이 다른데 여야가 모두 자신들을 중도라고 한다. 뭐가 뭔지 헷갈린다.

언어는 모두의 언어가 아니다. 언어는 권력의 그림자다. 언어의 의미는 권력의 목소리를 대변한다. 침묵은 언어가 주는 편견과 사고를 넘어 본연의 가치를 발견하는 도구다. 침묵을 금이라고 한 이유를 알 것 같다.

오래간만에 배낭을 메고 여락서재를 나섰다. 오늘은 아내 없이 혼자서 하는 산행이다. 수레너미재 정상까지 왕복 두 시간 정도 소요되는 코스다. 동네 어른들에 의하면 수레너미길은 한국전쟁 때 미군들이 덕두원으로 넘어가기 위해 임시로 닦은 길이다. 두어 해 전까지만 해도 산행을 하는 동안 가끔 약초꾼이나 도토리 줍는 아낙들과 조우하는 정도였는데, 걷기 붐과 산악 자전거 열풍이 불면서 오가는 사람들이 부쩍 늘었다. 여유롭게 한적한 산길을 걷는 즐거움이 오붓했었는데, 이제는 그마저도 누리기 힘들 것 같다.

잠시 아내와 함께 쉬곤 했던 너럭바위에 앉아서 다리쉼을 하며 목을 축였다. 서늘한 기운이 목줄기를 타고 흐른다. 숨을 돌린 후 솔잎 수북

한 굽이 길을 걷고 쌓인 참나무 낙엽을 차며 경사진 길을 한 시간쯤 걸어서 정상에 도착했다. 덕두원쪽에서 치부는 상쾌한 바람이 나를 반겼다. 심호흡을 하고 벤치에 앉아 굽이진 임도를 내려다보았다.

올 한해 정신없이 달려왔다. 숨 가쁘게 달려왔지만 서 있는 곳을 모르겠다. 모 스님의 말씀대로 '멈추면, 비로소 보이는 것들'이 있다면 멈춰보고 싶지만 일상을 멈추는 것이 어디 쉬운 일인가. 중첩된 관계망에 포획된 존재로서, 의지와 상관없는 배역을 맡아 연기하듯 살았던 것은 아닌가 하는 회의가 든다.

심연을 알 수 없는 침묵 속에서 지난 삶의 흔적들을 소환한다. 어떤 추억은 희미하고, 또 어떤 기억은 어제 일처럼 선명하다. 어떤 추억은 얼음장처럼 차갑고, 어떤 추억은 잉걸불처럼 뜨겁다.

비로소 아내의 부재를 확인하고 집으로 향한다. 혼자 걸으면서 아내의 부재 속에서 더 선명해지는 아내를 호명하는 즐거움을 누린다. 아내의 미소와 짜증난 표정과 지친 모습이 보이고, 속삭임과 숨소리와 코고는 소리와 성난 목소리가 들린다. 혼자 숲길을 걸으며 아내의 모든 것을 소환하고 교감하는 행복으로 충만함을 느낀다.

운신이 부자연스러워진 노모, 다리가 불편해서 고생하는 장모와 구순에 장모를 돌보는 장인, 객지 생활하는 아들과 세 아이 키우느라 넋이 나간 딸아이, 그리고…….

시공의 경계가 없는 상념의 나래를 펼치고, 사랑하는 사람들과 그리운 사람들을 초대하는 호사를 누리며 걷고 또 걷는다.

혼자 하는 산행의 즐거움과 침묵의 풍요로움을 만끽할 수 있어 행복한 하루였다. 필립 그로닝 감독의 다큐멘터리 영화「위대한 침묵」을 감상하면서 하루를 마무리해야겠다.

"비록 간단한 산책이라도 걷기는 오늘날 우리에게 사회의 성급하고 초초한 생활을 헝클어놓는 온갖 근심 걱정들을 잠시 멈추게 해준다. 두 발로 걷다보면 자신에 대한 감각, 사물의 떨림들이 되살아나고 쳇바퀴 도는 듯한 사회생활에 가리고 지워졌던 가치의 척도가 회복된다."

"걷기는 사물의 본래 의미와 가치를 새로이 일깨워주는 인식의 한 방식이며, 세상만사의 제 맛을 되찾아 즐기기 위한 보람 있는 우회적 수단이다."

"혼자서 걷는 것은 명상, 자연스러움, 소요의 모색이다. 옆에 동반자가 있으면 이런 덕목들이 훼손된다."

"확신하거니와 내가 만약 산책의 동반자를 찾는다면 나는 자연과 하나가 되어 교감하는 어떤 내밀함을 포기하는 것이 된다. 그 결과 나의 산책은 분명 더 진부한 것이 되고 말 것이다. 사람들과 어울리고자 하는 취미는 자연을 멀리함을 뜻한다."

"일단 나서면 자연만으로 충분하다. 내가 혼자일 적만큼 덜 외로운 때는 없을 것이다."

- 다비드 드 브르통 『걷기예찬』 중에서

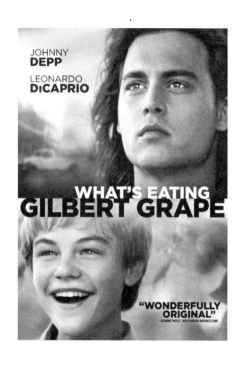

길버트 그레이프 What's Eating Gilbert Grape, 1993
감독: 라세 할스트롬 Lasse Hallstrom
출연: 조니 뎁, 레오나르도 디카프리오, 줄리엣 루이스 외

"우리는 아무 데도 가지 않아." & "우리는 어디로든 갈 수 있어"

"정말 중요한 건 '뭘 하느냐'야."

"넌 나의 갑옷 입은 기사님이야. 희미하게 반짝이면서 타오르는."

만천리 비사(秘事) 1 - 엄마는 용감했다

가끔 '좋은 영화를 선정하는 객관적인 기준은 있는 걸까' 궁금할 때가 있다. 영화평론가들의 별점 평가도 제각각인 경우가 많아 같은 작품을 두고 어떤 평론가는 별 다섯 개를 주고, 어떤 평론가들은 두 개를 주는 예가 허다하다. 인터넷 검색을 통해 20세기 명작 목록을 확인해 봐도 선정 주체에 따라 차이가 있다. 평가 기준은 평론가에 따라 다를 수 있다. 관점이나 관심사가 다르면 평가도 다르게 마련이다. 하지만 전문가의 도움을 기대했던 일반 관객의 입장에서는 당혹스럽기만 하다.

영화를 평가하는 내 나름의 기준은 반복 감상 욕구의 있고 없음이다. 다시 보고 싶고, 그래서 여러 번 반복해서 감상하는 영화가 좋은 영화라는 것이 나의 지론이다. 로버트 레드포드 감독의 데뷔작인 「보통 사람들, 1980」, 같은 감독의 「흐르는 강물처럼, 1992」, 리들리 스콧 감독의 「킹덤 오브 헤븐, 2005」, 프란시스 포드 코폴라 감독의 「대부」 시리즈, 빌레 아우구스트 감독의 「리스본행 야간열차, 2013」, 시드니 폴락 감독의 「아웃 오브 아프리카, 1985」, 마이크 바인더 감독의 「레인 오버 미, 2007」, 캐시 베이츠 감독의 「프라이드 그린토마토, 1992」, 제임스 딘이 출연한 3부작 「이유 없는 반항, 1955」·「에덴의 동쪽, 1955」·「자이언트, 1956」 등등. 열 번 이상 감상한 영화들도 꽤 여러 편이다.

스웨덴 출신인 라세 할스트롬 감독의 1993년 영화 「길버트 그레이프」도 일 년에 한 번 정도는 꼭 다시 감상하는 작품이다. 젊은 조니 뎁과 어린 시절의 레오나르도 디카프리오를 만날 수 있어서 좋고, 영화를 감상하는 동안 가족의 의미를 되새기고 세상을 바라보는 따뜻한 시선을 느낄 수 있어서다.

영화의 내용은 아이오와 주의 소도시 엔도라를 배경으로 주인공 길버트 그레이프가 힘겹게 가족들을 돌보는 이야기다. 아버지가 자살한 후 충격으로 두문불출하며 몸을 가누지도 못할 만큼 살이 찐 어머니 보니, 정신이 온전치 못해 틈만 나면 사고치는 동생 어니, 실직하고 집안일을 돌보는 누나 에이미, 길버트와 자주 갈등을 빚는 반항적인 여동생 엘렌 등 모두가 길버트의 짐이다. 길버트는 자신을 희생하며 가장으로서의 역할을 하지만 정작 자신의 미래에 대한 기대도 희망도

가질 수 없는 형편이다. 동생 어니에게 "우리는 아무 데도 가지 않아"라고 반복하는 대사는 현실에서 벗어날 수 없는 길버트의 희망 없는 삶을 대변한다.

그렇게 답답하고 무료하게 소일하던 길버트에게 캐러밴을 타고 여행을 다니는 베키가 나타난다. 자동차가 고장 나는 바람에 엔도라에 머물게 된 베키는 우연히 가스탱크에 올라간 동생 어니를 달래서 내려오게 하는 길버트와 마주친다. 이 후 몇 차례 만남을 통해 베키는 길버트의 답답하고 무료한 일상에 균열을 일으킨다.

이 영화의 원제목은 「What's Eating Gilbert Grape」다. 번역하자면, 「무엇이 길버트 그레이프를 갉아먹고 있는가?」쯤 될 것 같다. '무엇'의 의미는 베키가 길버트에게 들려주는 사마귀의 교미에 대한 이야기, '암컷은 교미를 하며 수컷을 먹는데 처음에는 머리를 먹고 교미가 끝나면 남은 몸도 모두 먹어치운다'는 이야기를 통해서 짐작할 수 있다. 수컷 사마귀는 가족을 위해 희생하는 길버트의 은유다. '무엇'은 길버트의 삶을 옥죄고 있는 가족일 터. 길버트는 가족을 위해 늘 희생하기만 하고 자신이 진정 원하는 것이 무엇인지 생각할 여유가 없다. 그런 길버트에게 베키는 "정말 중요한 건 '뭘 하느냐'야. 너 자신을 위해!"라고 충고한다. 영화는 "우리는 아무 데도 가지 않아"를 반복하던 길버트가 어니에게 "우린 어디로든 갈 수 있다"고 말하며 집을 떠나며 끝난다.

어느 한 장면도 버릴 수 없지만 어머니 보니가 아들 어니를 구하러 경찰서로 쳐들어가는 장면과 자식들이 죽은 어머니 보니를 더 이상 조롱거리로 만들 수 없다며 집과 함께 보니의 시신을 불사르는 장면은 감동적이다.

생일을 하루 앞둔 어니가 사고를 쳤다. 동네의 식수 저장탑에 올라갔다가 경찰서에 감금된 것이다. 길버트가 경찰서장에게 통사정을 해보지만 이미 여러 차례 전과(?)가 있는 터라 이번에는 용서받지 못했다. 물에서 막 건져 올린 고래 같은 모습의 어머니 보니가 나섰다. 지팡이 없이는 한 걸음도 뗄 수 없던 보니가 삼백오십 킬로그램의 거구를 이끌고 7년 만에 외출을 감행한 것이다. 보무도 당당하게 경찰서로 쳐들어간 보니는 쩌렁쩌렁한 목소리로 내 아들을 내놓으라고 고함친다. 완강하던 경찰서장도 보니의 서슬에 놀라 순순히 어니를 풀어준다.

다음날 어니의 생일파티가 끝난 후 보니는 그동안 쓰지 않던 2층의 침대로 향한다. 에베레스트 등정만큼이나 힘겨운 계단 오르기 끝에 침대에 누운 그녀는 길버트에게 '나도 내가 이렇게 될 줄 몰랐다'며, '놀림감이 되고 싶진 않았다'며 후회한다. 그리고 "넌 갑옷 입은 나의 기사야. 희미하게 반짝이면서 타오르는."이라고 속삭인다. 그리고 세상을 떠났다.

보니의 7년만의 외출 장면을 볼 때마다 만천리 입구에서 주막을 차렸던 순천댁의 모습이 떠오른다. 동네 최고령자로 동네 어른들이 백 살도 더 살 거라던 술도가 주인 성주 할멈이 뒷산 밤나무에 목을

매고, 저 남쪽 아래대에서 올라왔다는 순천댁이 흉가가 된 술도가를
인수해서 주막을 냈다. 내 또래의 두 아들과 함께 낯선 땅에 입성한
순천댁은 순식간에 동네 이목을 한몸에 받았다. 인물 반반하고 젊은데
다가 과부라는 소문이 돌면서 헛바람 든 어른들이 다투어 주막을 드나
들었다. 아버지도 단골손님 중의 하나였다. 순천댁은 허구한 날 주막
출입을 하는 남편 때문에 속을 끓이는 아내들의 공공의 적이 됐다.
신형냉장고를 새로 들여 놓고, 커다란 양은 설거지통이 스테인리스
개수대로 바뀌는 등 주막은 나날이 번창했다. 순천댁의 인생은 순풍에
돛단 듯이 순항을 거듭했다.

　그런 순천댁에게도 근심거리가 생겼다. 아이들이 학교에서 집단
괴롭힘을 당하고 가끔　울면서 돌아왔다. 처음에는 텃세거니 생각하고
대수롭지 않게 여겼다. 그런데 횟수도 잦아지고, 심한 상처를 입고
돌아오는 날도 적지 않았다. '내 새끼는 내가 지킨다'를 모토로 영화
「길버트 그레이프」의 보니가 아들 어니를 구했던 것처럼 자식들을
지키기 위해 순천댁이 직접 나섰다. 어느 날 등교하다 보니 순천댁이
교문에 떡 버티고 범인(?)들을 색출해서 혼내고 있었다. 나 또한 동급생
이었던 순천댁의 큰아들과 가끔 주먹다짐을 했던 터라 그녀가 두려웠
다. 순천댁과 눈이 마주쳤지만 다행이도 무사히 교문을 통과할 수
있었다. 아버지가 주막의 단골손님이라서 눈감아 준 것이 분명했다.
순천댁의 거사로 이지메 사건은 순식간에 깔끔하게 종료됐다.

　순천댁은 용감했다. 보니와 순천댁만 용감한 것은 아니다. 「분노의

포도」에서 남편과 가족을 이끌고 일자리를 찾아 떠나는 톰의 어머니는 시련을 두려워하지 않는 전사였다. 절망스러운 상황에서도 남자는 깡충깡충 뛰면서 살지만 여자는 처음부터 끝까지 변함없이 흘러가는 물줄기 같다며, 우리의 삶은 계속된다며 미소 짓는다.「82년생 김지영」의 어머니는 딸을 위해 자신의 삶을 온전히 내주었고, 테리 조지 감독의「어느 어머니의 아들」에서 아일랜드 어머니들은 단식으로 죽어가는 아들들의 정신적 보루였다.

세상의 모든 어머니는 용감하다. 자식을 위해서는 한 치의 망설임 없이 불속에 뛰어들고, 자신을 돌아보지 않고 목숨을 던지는 존재가 어머니다. 근대화의 격랑 속에서 사내들이 이념과 구호에 휘둘려 거리를 방황할 때, 헛것에 씌어 가정을 내팽개쳤을 때도 어머니들은 자식들을 부양하고 백척간두에 내몰린 가정을 지켰다.

40여 년이 지난 어느 날 소문으로 경찰이 됐다고 들었던 순천댁 아들로부터 뜻밖의 전화를 받았다. 승진을 해서 도경찰청 간부로 발령을 받았다며 만나자고 했다. 약속한 장소에 도착해보니 몇몇 동창들이 먼저 도착해 있었다. 장구한 세월이 흐른 터라 처음에는 어색했지만 몇 순배 잔이 돌고나니 분위기가 화기애애해졌다. 서로 안부를 묻던 중에 녀석이 제 어머니께서 궁금해 하신다며 내 선친의 안부를 물어왔다. 선친은 단순히 주막의 단골손님만은 아니었던 것 같다. 수년 전에 돌아가셨다고 하자 친구는 애석해 하며 나를 위로했다. 나도 순천댁의 안부를 물었다. 서울 근교에서 음식점을 크게 하고 계신단다.

자리를 파할 즈음에는 대취해서 걸음이 헛놓였다. 친구와 헤어지면서 너희 어머니는 대단한 분이셨다고, 존경한다는 치사를 빠뜨리지 않았다. 어머니께 안부를 전해달라고, 기회가 되면 인사를 드리고 싶다는 기약 없는 약속을 하고 헤어졌다.

길버트의 어머니 보니와 친구 어머니 순천댁의 호칭은 고유명사가 아니다. 보니와 순천댁은 세상의 모든 어머니를 의미하는 보통명사다.

2부

세상을 읽는 안테나, 영화

더 파더 The Father, 2020

감독: 플로리안 젤러

출연: 안소니 홉킨스, 올리비아 콜맨, 마크 커티스 외

"그럼 나는?"

"도대체 나는 누구지?"

"엄마가 보고 싶어."

"내 잎사귀가 다 지는 것 같아."

- 영화 「더 파더」 안소니의 대사 중에서

안소니, 조르주 그리고 나

영화는 동시대의 징후에 예민하게 반응하는 매체다. 따라서 영화는 우리가 사는 세상을 이해하기 위해 반드시 공부해야 할 기본 텍스트다. 영화는 전문 서적이나 논문 같은 학술 담론보다도 더 집약적이고 적확하게 세상의 실체를 우리에게 보여주고 설명해 준다.

마약 커넥션을 다룬 스티븐 소더버그 감독의 「트래픽」, 오일전쟁의 실체적 진실을 파헤친 스티븐 개건 감독의 「시리아나」, 쿠르드 민족의 수난사를 다룬 바흐만 고바디 감독의 「취한 말들을 위한 시간」, 할리우드의 상업영화에 반기를 들고 이란 민중의 삶을 날 것 그대로 보여주는 압바스 키아로스타미 감독의 「내 친구의 집은 어디인가」·「올리브 나무 사이로」·「그래도 삶은 계속된다」, 아일랜드 민족의 항쟁사를 다룬 켄 로치 감독의 「보리밭을 흔드는 바람」과 짐 쉐리던 감독의 「아버지의 이름으로」, 스티븐 스필버그 감독의 「뮌헨」에 대한 안티테제로서 자폭 테러 임무를 부여받은 팔레스타인 청년의 고뇌를 그린 하니 아부 아사 드 감독의 「천국을 향하여」, 미국의 흑인 인권운동 탄압의 실상을 고발한 알란 파커 감독의 「미시시피 버닝」, 결국 국민들의 저항에 밀려 포기했지만 이명박 정부가 과감하게(?) 밀어붙였던 의료 민영화의 문제점을 고발한 마이클 무어 감독의 「식코」·닉 카사베츠 감독의 「존 큐」·프란시스 포드 코폴라 감독의 「레인 메이커」(1998) 등등. 영화는 정치, 경제, 사회, 문화 등 우리 삶 전반의 모습을 가감 없이 보여준다.

마약, 매춘, 파업, 노조의 타락, 범죄, 아메리칸드림의 좌절 등 1950년 대 미국 사회의 모순을 이해하기 위해서는 울리히 에델 감독의 「브룩클 린으로 가는 마지막 비상구」 영화 한 편이면 충분하다.

9월 21일은 치매 극복의 날이다. 2011년 정부는 "치매의 예방, 치매 환자의 진료·요양 및 치매 퇴치를 위한 연구 등에 관한 정책을 종합적 으로 수립·시행함으로써 치매로 인한 개인적 고통과 피해 및 사회적 부담을 줄이고 국민건강 증진에 이바지함을 목적"으로 하는 「치매관리 법」을 제정하고 9월 21일을 '치매 극복의 날'로 지정하였다.

통계에 의하면 우리나라 65세 이상 국민 중 10%, 75세 이상의 인구 중 20%가 치매를 앓고 있다. 치매는 우리 사회가 해결해야 할 중요한 과제다.

이재한 감독의 「내 머릿속의 지우개」, 민규동 감독의 「세상에서 가장 아름다운 이별」, 이창동 감독의 「시」, 추창민 감독의 「그대를 사랑합니다」 등 치매를 소재로 다룬 영화들이 등장한 것은 우연이 아니다. 치매가 우리 사회를 흔드는 징후임을 영화관이 감지했기 때문이다.

외국도 다르지 않다. 닉 카사베츠 감독의 「노트북」, 리처드 에어 감독의 「아이리스」, 사라 폴리 감독의 「어웨이 프롬 히」, 니콜라스 패들러 감독의 「러블리, 스틸」, 미카엘 하네케 감독의 「아무르」, 리처드 글랫저·워시 웨스트모어랜드 감독의 「스틸 앨리스」, 플로리안 젤러 감독의 「더 파더」 등 치매를 소재로 다룬 영화는 꼽을 수 없을 만큼 많다.

치매를 소재로 한 대부분의 영화들은 치매 환자를 대상화하고 환자 주변 인물들의 고통과 고단한 삶에 포커스를 맞추고 있다. 환자는 사라지고 가족들의 힘겨운 삶만 과장한 영화서사는 감정의 과잉으로 말미암아 오히려 극적 긴장감을 떨어뜨린다. 그 결과 관객은 주제에서 미끄러져 허탈감만 추체험하게 된다.

같은 소재를 다루었지만 「아무르」, 「스틸 앨리스」, 「더 파더」 등은 앞선 영화들과 사뭇 결이 다르다.

미하일 하네케 감독의 「아무르」는 남편 조르주가 아내 안느를 베개로 눌러 죽이고 아내 옆에 나란히 누워 자살하는 장면으로 끝난다. 결말만 놓고 보면 영화 제목이 '아무르'여서는 안 된다. 그런데도 관객들은 감동적이라며 눈물을 흘린다. 관객들은 조르주의 행위를 범죄라고 여기지 않는다. 조르주를 비난하지도 않는다. 조르주가 할 만큼 했다고, 조르주가 겪는 고통이 안느의 죽음보다 더 무겁고 크다고 생각하기 때문이다. 관객들은 조르주를 용서하기보다는 이해하려고 한다. 조르주의 살인에 대한 관객들의 암묵적 공감은 프레임 안에 머물지 않는다. 우리 삶으로 투사되고 현실에서 용인되는 것이다. 그래서 그들의 공감은 서늘하다.

아이러니하게도 어떤 미화도 수식도 없는 미하엘 하네케 감독의 연출이 오히려 감동과 위로를 준다. 거짓 희망이나 미화가 없는 시선에서 오히려 사태의 본질을 객관적으로 이해할 수 있는 길이 열리기 때문이다. 고통은 그저 고통일 뿐이다.

「스틸 앨리스」는 「아무르」에서 한발 더 나간다. 기존의 치매 소재 영화들보다 진보했다고는 하지만 「아무르」도 당사자인 안느보다 남편인 조르주의 고통에 집중하고 있다.

하지만 「스틸 앨리스」는 주인공 앨리스에 포커스를 맞춤으로써 치매에 대한 인식의 변화를 촉구한다. 리처드 글랫저와 워시 웨스트모어랜드 감독은 카메라 워크를 앨리스의 관점에서 진행함으로써 그녀의 입장에서 다른 인물들을 바라보고, 관객들이 그녀의 세상에 편입될 수 있도록 유도했다. 영화는 불행한 결말을 향해 가면서도 과장된 영화적 수사를 배제하고, 비극적인 감정을 고조하기 위한 시도를 최소화하면서 담담하게 가족들의 삶을 응시할 뿐이다. 객관적인 거리를 유지하면서 타인의 시선에 비친 환자가 아니라 자신의 변화를 인식하고 고뇌하는 엘리스를 보여준다. 관객들이 "지금 전 살아 있습니다. 전 살아 있고, 사랑하는 사람들이 있고, 하고 싶은 일이 있습니다."라고 말하는 엘리스의 연설에 몰입할 수 있는 이유다.

안소니 홉킨스와 올리비아 콜맨이 남녀 주인공으로 출연했던 플로리안 젤러 감독의 「더 파더」는 치매환자의 입장에서 자신의 변화를 다룬 영화다.

"그럼 나는?"
"도대체 나는 누구지?"
"엄마가 보고 싶어."
"내 잎사귀가 다 지는 것 같아."
"무슨 일이 벌어지는지 도무지 모르겠어."

영화 후반부에 안소니가 흐느끼면서 더듬더듬 대사를 이어가는 동안 눈물이 흘렀다. 「러브 스토리」·「가을의 전설」·「아이 엠 샘」·「노트북」·「인생은 아름다워」·「하치 이야기」·「나, 다니엘 블레이크」 등은 눈물 꽤나 쏟으면서 감상했던 영화들이다. 「더 파더」는 차원이 달랐다. 엔딩 크레디트가 다 올라 간 뒤에도 눈물을 멈출 수가 없었다. 의자를 뒤로 젖히고 흐릿한 시선으로 천정을 보며 안소니의 대사를 읊어보았다.

"도대체 나는 누구지?"

부유한 가정집에서 오페라 아리아를 즐기는 고상한 노인 안소니는 겉으로 보기엔 아무 일 없는 것 같지만, 사실 그는 치매를 앓고 있는 환자다. 딸이 결혼을 했는지, 딸과 함께 사는 남자가 사위인지 아닌지, 지금 자신이 살고 있는 집이 자기 집인지 딸의 집인지, 딸이 죽었는지 살았는지 모든 것이 혼란스럽고 모호하다. 기억도 사라지고, 그나마 순서마저 뒤죽박죽이다. 안소니의 머릿속에서 일어나는 이러한 상황은 혼동이고 착각일 뿐이다. 안소니는 요양병원에 갇혀 있고, 병이 깊어 이젠 내가 누구인지도 명확하지가 않다. 그런 안소니가 간호사에게 내가 누구냐고 묻고 있는 것이다. 그리고 자신의 삶이 막바지를 향하고 있음을 예감하고 간호사 품에 안겨 '내 잎사귀가 다 떨어지는 것 같다' 며 흐느낀다.

치매를 다룬 기존의 드라마나 영화들이 치매 환자 때문에 고통을 받고 있는 가족이나 주변 사람들에게 초점을 맞추었다면, 「더 파더」는 치매 환자에게 초점을 맞추고 있는 점이 다르다. 주인공 안소니는 대상화 된 주변부 인물이 아니라 어엿한 주인공으로서 치매 환자의 시선으로 세상을 바라보고 자신이 겪는 혼란스러움과 심리적 고통을 보여준다.

영화를 감상하는 동안 나는 스크린을 바라보고 있는 것이 아니라 객석을 떠나 스크린 속으로 들어가 안소니가 되었다. 그리고 치매라는 병에 대해, 어쩔 수 없는 늙음에 대한 공포를 체험했다. 곱게 늙는다는 말들을 하지만 노화의 실체가 아름다울 수가 있겠는가. '웰 다이'를 말들 하지만 아름다운 죽음이 가능하기나 한 건지도 모르겠다. 「더 파더」는 인생의 진실을 솔직하게 드러낸, 그래서 슬프고 착잡한 슬픈 영화다.

충격에서 벗어나면서 홀로 살고 있는 노모를 떠올렸다. 따로 사는 게 마음 편하다고, 내 몸 움직일 수 있는 날까지는 혼자 사시겠다고 해서 따로 살고 있다. 한해가 다르게 거동이 부자연스럽고, 앉고 일어서 는 것마저 힘들어 하는 노모를 언제까지 홀로 사시게 해야 하는지 모르겠다. 집세 내드리고, 생활비 보내드리고, 정기적으로 병원에 모시 고 다니고, 명절 때 용돈 드리고, 가끔 전화로 안부를 묻거나 방문하는 걸로 자식 된 도리를 다했다고 생각했다. 그게 아닌 것 같다. 차로 10분이면 갈 수 있는 거리지만 심정적으로 너무 멀리 떨어져 산 건 아닌가 하는 자괴감이 들었다.

이런 저런 상념에 잠겼다가 문득 신경숙의 『엄마를 부탁해』를 소환 했다. 방정맞은 생각이라며 머리를 가로저었지만 노모의 병력을 알고 있는 터라 불길한 생각이 꼬리를 물었다.

노모가 사라졌다. 온 식구들이 노모의 행방을 수소문하고 뛰어다녔 다. 노모를 찾을 수가 없다. 장남인 내가 책임을 다하지 않아서 이런 일이 일어났다며 여동생들이 언성을 높였다. 아들만 자식이냐며, 딸은 자식이 아니냐며, 오빠는 자식 된 도리를 할 만큼 했다고 아내가 핏대를 세웠다. 난장판이 벌어졌다.

끔찍한 상상에서 벗어나는 유일한 출구는 노모의 소재를 확인하는 것이다. 전화를 걸었다. 노모의 목소리를 듣고서야 마음이 놓였다. 날도 차고 길이 미끄러우니 절대 외출하지 말라고 엄포를 놓았다. 노모의 안전을 염려하는 건지, 집에 가두려는 건지 모르겠다. 전화 한 통화로 모든 근심을 날려버렸다. 이렇게 편할 수가. 효도 참 쉽다.

「더 파더」의 여운은 쉽게 가시지 않았다. 노모도 노모지만 종심을 바라보는 내 나이 또한 적지 않은지라 자신을 돌아보았다. 한의원 원장인 후배가 한 말이 늘 마음에 걸렸다. 두어 해 전 오른쪽 팔이 저려서 침을 맞으러 병원을 찾았었다. 이런저런 이야기 끝에 후배가 한 말이다. 형도 이제 건강을 신경 쓸 나이라며, 골골대는 사람들은 늘 조심하기 때문에 오래 살지만 형 같이 건강한 사람들은 한방에 혹 갈 수 있다고 겁을 줬다. 튼튼한 사람이 한방에 혹 가다니. 요령부득의 말을 되뇌고 있는데 후배는 체중을 줄이라고 했다. 십 킬로그램만 줄이면 혈압약도 당뇨약도 다 끊을 수 있단다. 그러면서 자기가 신이라도 되는 양 백 살까지 보장하겠다며 목에 힘을 줬다.

지난해부터 병원 출입이 잦아졌다. 복용하는 약의 가짓수도 늘었다. 건강에 대한 자신감도 예전만 못하다. '한방에 혹 갈 수 있다'는 후배 원장 말이 뇌리를 떠나지 않는다. 병원 대기실에 앉았노라면 거동이 불편한 환자들의 모습에 자주 시선이 간다. 절대 저런 모습으로는 살지 않겠다고 다짐하지만 의지만으로 될 일도 아니다. 건강 문제로 가족에게 절대 누를 끼치지 않겠다고 다짐을 하지만, 글쎄다. 하고 싶은 것을 이루기 위해서는 자신이 좋아하는 다른 것을 포기해야 하는데도 술은 끊을 자신이 없다. 나란 인간은 참 어리석고 이기적인가 보다.

옛말에 '병수발 3년에 효자도 효부도 없다'는 말이 있다. 긴 간병에는 효자도 없고 효부도 없다. 우리 국민 열 명 중 한 명꼴로 치매를 앓고 있다고 한다. 치매는 투병기간이 길 뿐만 아니라 증세가 호전되는 병이 아니다. 나라가 나서지 않으면 환자와 가족 모두가 고통을 받을 수밖에 없다. 안소니나 조르주를 양산하는 사회는 건강한 사회가 아니다. 그들은 피해자도 가해도 아니다. 환자이고 가족일 뿐이다. 안소니를 통한 환자 추체험과 조르주를 통한 가족 추체험이 의미를 갖기 위해서는 서늘한 공감보다는 따뜻한 이해가 필요하다.

시인 엘리자베스 비숍이 이렇게 썼죠.

"상실의 기술은 어렵지 않다. 모든 것의 의도는 상실에 있으니, 그것들을 잃는대도 재앙은 아니다."

저는 시인도 아니고 조발성 알츠하이머 환자지만 매일 상실의 기술을 배우고 있습니다. 내 태도를 상실하고, 목표를 상실하고, 잠을 상실하지만, 기억을 가장 많이 상실하죠.

저는 평생 기억을 쌓아 왔습니다. 그것들이 제게 가장 큰 재산이 되었죠. 남편을 처음 만날 그날 밤, 저의 첫 책을 손에 들었을 때, 아이를 가졌을 때, 친구를 사귀었을 때, 세계 여행을 했을 때.

제가 평생을 쌓아 온 기억과 제가 열심히 노력해서 얻은 것들이 이제 모두 사라져 갑니다.

짐작하시겠지만 지옥 같은 고통입니다. 점점 더 심해지죠.

한때 우리의 모습에서 멀어진 우린 우스꽝스럽습니다. 우리의 이상한 행동과 더듬거리는 말투는 우리에 대한 타인의 인식을 바꾸고, 스스로에 대한 우리의 인식을 바꿉니다.

우린 바보처럼 무능해지고 우스워집니다. 하지만 그건 우리가 아닙니다. 우리의 병이죠. 여느 병과 마찬가지로 원인이 있고, 진행되며, 치료법이 있을 수 있습니다.

제 가장 큰 소원은 제 아이들이, 우리의 아이들이, 다음 세대가 이런 일을 겪지 않는 것입니다.

지금 전 살아 있습니다. 전 살아 있고, 사랑하는 사람들이 있고, 하고 싶은 일이 있습니다. 기억을 못하는 저 자신을 질책하지만, 행복과 기쁨이 충만한 순간도 있습니다. 제가 고통 받는다고 생각하지 마세요. 전 고통스럽지 않습니다. 애 쓰고 있을 뿐입니다. 이 세상의 일부가 되기 위해서, 예전의 나로 남아있기 위해서죠.

순간을 살라고 스스로에게 말합니다. 제가 할 수 있는 건 순간을 사는 것과, 스스로를 너무 다그치지 않는 것, 상실의 기술을 배우라고 스스로를 몰아붙이지 않는 것입니다.

그리고 끝까지 놓기 싫은 한 가지는 오늘 이곳에서의 기억이지만 결국 사라지겠죠. 저도 압니다. 내일 사라질지도 몰라요.

하지만 오늘 이 자리는 제게 큰 의미입니다. 의사소통에 푹 빠져 있던 예전의 제겐 말이죠.

이런 기회를 주셔서 감사합니다. 세상을 다 가진 것 같아요. 감사합니다.

- 영화 「스틸 앨리스」 중 앨리스의 연설 '전문'

한나 아렌트 Hannah Arendt, 2012

감독: 마가레테 폰 트로타

출연: 바바라 수코바, 자넷 맥티어, 줄리아 엔체, 니콜라스 우데슨,

　　　올리치 노센 외

소크라테스와 플라톤 이래 우리는 대개 사유는 나와 자아 사이의 침묵의 대화와 연관이 있다고 여겼습니다. 아이히만은 한 인간이 되는 것을 거부함으로써 오직 하나뿐인 인간의 특징인 사유할 능력을 완전히 포기했습니다. 그 결과 그는 도덕적인 판단을 내릴 수 없었습니다. 이러한 사유의 불가능성은 많은 평범한 사람들이 예전에 볼 수 없던 거대한 규모의 악행을 저지를 가능성을 열어주었습니다.

- 영화 「하나 아렌트」의 한나 아렌트 연설 중에서

한나 아렌트와 '악의 평범성'

마가레테 폰 트로타 감독의 「한나 아렌트」는 「로자 룩셈부르크」, 「비전」과 함께 강인한 삶을 살았던 여성 3부작 중 하나다. 마가레테 폰 트로타 감독은 「카타리나 블룸의 잃어버린 명예」, 「로자 룩셈부르크」, 「독일 자매」, 「로젠 슈트라세」, 「비전」에 이르기까지 시대와 불화하면서 삶을 살았던 실존 여성 인물들의 이야기를 화면에 담았다. 「한나 아렌트」는 독일계 유대인 철학자이자 정치 사상가인 한나 아렌트가 1960부터 1964년까지 겪었던 실화를 담고 있다.

영화는 아르헨티나의 한적한 시골에서 칼 아돌프 아이히만을 납치하는 장면으로 시작한다. 아이히만은 독일 나치 친위대원으로 유대인 학살을 자행한 전범이다. 이스라엘로 이송된 아이히만은 이스라엘

법정에서 재판을 받게 되고, 한나 아렌트는 미국의 주간지 「뉴요커」의 특파원 자격으로 재판 과정을 취재한다.

아이히만에 의해 강제 수용소로 보내진 유대인들 중에서 살아남은 생존자들이 법정에서 아이히만의 죄상을 증언하는 동안 아이히만은 무표정하게 이들을 바라본다. 마지막에 재판장으로부터 스스로 변론할 기회를 허락받은 아이히만은 자신은 죄가 없다고 차분한 음성으로 담담하게 자신을 변론한다. 자신은 명령에 따랐을 뿐이라고. 자신은 유대인에 대한 개인적인 증오나 연민과 같은 사사로운 감정이나 판단으로 행동한 것이 아니라 오직 국가의 명령에 따랐을 뿐이라고. 당시의 보편적 기준에 따라 충실하게 임무를 수행했을 뿐이라고.

재판 과정을 취재한 한나 아렌트는 아이히만의 모습을 지켜보면서 자신의 전공이었던 '사유'에 대하여 생각하게 된다. 그리고 취재 내용과 재판 기록을 바탕으로 1963년 『예루살렘의 아이히만』을 발표했다. 이때 제시한 개념이 '악의 평범성'이다. 한나 아렌트는 아이히만의 유죄를 인정했지만 다수의 유대인들이 생각하는 방식과는 달랐다.

한나 아렌트는 나치와 아이히만의 범죄는 유대인에게 한정된 범죄가 아니라 인류에 대한 범죄이기 때문에 아이히만이 예루살렘에서 재판을 받기보다는 국제적인 장소에서 재판을 받는 것이 바람직하다고 생각했다. 법정에서 이루어지는 유대인 생존자들의 증언을 목격하면서 한나 아렌트는 이 재판에 개인은 있지만 역사가 실종됐음을 확인하고 실망한다. 한풀이와 악마화의 경연장으로 변질된 재판 과정을 안타깝게 여기며 아이히만은 악마가 아니라 평범한 관료였고, 그를 극악무도한 범죄자로 만든 것은 사유의 부재였다고 규정했다. 한나 아렌트는 아이히만을 악마화 하는 것에 동의하지 않았으며, 나치의 만행에 저항하지 않고 협력한 유대인 지도자들에게도 책임이 있다며 몰아붙였다. 이러한 언행으로 그녀는 가족은 물론 유대 사회와 학계 등 사회 각계각층으로부터 비난을 받았고, 심지어 살해 위협까지 받았지만 자신의 주장을 굽히지 않았다. 그녀는 전범자들의 악마화를 외치는 대열에서 빠져나와 홀로코스트의 근원적인 원인을 천착했다. 그리고 대부분의 악은 악한 의도 때문이라기보다는 '생각하지 않는 것', 즉 사유의 부재에서 비롯된다고, 그것이 '악의 평범성'이라고 정의 내렸다.

우리 속담에 '모난 돌이 정 맞는다'는 말이 있다. 한나 아렌트는 이스라엘 민족에게는 모난 돌이었다. 최근 재연되고 있는 팔레스타인 분쟁의 상황을 목도하면서 욕하면서 배운다는 말을 실감하게 된다. 나치즘을 비난했던 이스라엘이 나치를 닮아가고 있는 것 같아 우려스럽다. '국가에 대한 복종을 미덕으로 생각하고 소통이 불가능한 상황을 혁파할 사회적 비판과 저항의 목소리가 질식되면 악은 우리 자신에게도 언제나 나타날 수 있다.'고 갈파한 한나 아렌트의 지적은 유효하다.

살면서 이런저런 선택을 요구받을 때가 많다. 어쩌면 삶은 선택의 여정이라고 할 수도 있겠다. 점심 메뉴를 고르는 것 같은 소소한 선택에서부터 진로나 결혼 상대를 선택하는 중대한 결정에 이르기까지 삶은 선택의 연속이다. 비가 오는데 외출할까 말까, 마음에 드는 옷을 살까 말까, 눈 내리는 날에 대중교통을 이용할까 자가용을 이용할까, 상사의 질책에 말대꾸를 할까 참을까, 번개 모임에 나갈까 말까, 새 차를 살까 중고차를 살까, 전화한 이유를 대강 짐작하는 은사의 전화를 받을까 말까 등등.

선택에는 원하든 원하지 않든 결과가 따르게 마련이다. 신중하지 못한 선택 때문에 마음고생을 하기도 하고, 공연한 오해를 받기도 한다. 반대로 행복을 누리고 칭찬 받기도 한다. 보통 상식적으로 생각하고 판단하면 무리가 없을 것 같지만 간단한 문제는 아닌 것 같다. 사람들은 다양한 커뮤니티에 소속되어 구성원들과 관계를 맺고 살면서 각각의 커뮤니티가 공유하고 있는 상식에 맞게 행동하려는 습성이 있다. 그 사회의 상식을 따르면 고민할 일도, 비난받을 일도 거의 없기 때문이다. 하지만 이런 상식에 따른 행동과 선택이 바람직한 것만은 아니다. 상식은 이성적 판단을 거친 지식이나 그 지식을 바탕으로 자기성찰을 거친 지혜와는 다르기 때문이다. 중세에 횡행했던 마녀사냥의 예에서 보듯 특정 집단에 통용되는 상식은 집단의 울타리를 벗어날 때 도그마로 변질될 수 있고, 생각이 다른 사람들을 구속하는 족쇄가 되기도 한다.

아이히만도 그의 변명대로라면 자기가 속한 사회의 상식을 따랐을 뿐이다. 그는 자신의 행위가 초래할 비극적인 결과에 대해 생각하지 않았다. 사유의 부재는 유대인 학살이 범죄라는 인식 자체를 불가능하게 했다. 홀로코스트의 비극은 아이히만뿐만 아니라 동시대를 살았던 대다수의 독일 국민들의 사유 불가능성에서 비롯된 것이다.

사유는 자기 자신과의 대화이며, 사유를 할 수 없으면 평범한 인간일지라도 잔혹한 행위를 하게 된다고 한 한나 아렌트의 경고에 독재자나 권력을 가진 자들뿐만 아니라 평범한 시민들도 귀를 기울여야 한다. 그녀는 '악의 평범성'에 대한 고찰을 통해서 집단의 상식보다는 보편적 지식이 더 가치 있음을 입증하였으며, 인류에게 불행한 역사를 되풀이하지 않는 쉬운 방법을 제시했다.

스티븐 달드리 감독의 「더 리더」와 믹 잭슨 감독의 「나는 부정한다」를 다시 감상하며 홀로코스트에 대한 생각을 정리해 보아야 할 것 같다.

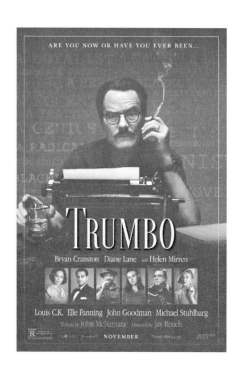

트럼보 Trumbo, 2015

감독: 제이 로치 Jay Roach

출연: 브라이언 크랜스턴, 다이안 레인, 헬렌 미렌, 엘르
      패닝 외

"'네.'·'아니오.'로만 대답하는 사람은 바보나 노예들 중의
하나죠."

"정치적 신념을 근거로 예술가를 처벌하던 반공주의자들의
횡포가 막을 내렸다."

돌턴 트럼보와 블랙리스트

블랙리스트 논란이 끊이질 않는다. 우리나라 정치사에 진정한 보수나 진정한 진보 세력이 있었는지, 있기나 한 건지 모르겠으나 정권이 바뀌어도 달라진 게 없다. 일부 성숙한 시민의식을 가진 유권자들에게는 비난받을 소리겠지만, 우리나라 국민들이 정당을 지지하는 행태를 보면 광신도나 다름없다. 그들이 지지하는 정당 또한 종교집단에 가깝다. 그것도 근본주의나 원리주의로 무장한 극단적인 종교집단을 닮았다. 같은 당이라고 할지라도 주류를 비판하거나, 상대 당에 관대한 모습을 보이면 좌표를 찍고 벌떼 공격으로 뭉개버린다.

근본주의는, 집단에 대한 소속감을 강화하기 위해, 이념을 달리하는 집단을 이단으로 규정하고 서슴없이 폭력을 행사한다. 근본주의자들은 자신들의 특정한 이념이나 관습을 타자에게 강요하고, 순응하지 않으면 사정없이 정복해버린다. 어느 면에서 보나 근본주의는 절대성이 아닌 상대성이, 일원적 중심이 아니라 다원적 중심이, 순혈이 아닌 섞임이 대세인 현대와는 거리가 멀다. 근본주의는 철지난 시대착오적인 이념이다. 유권자나 정당들이 근본주의적 사고를 극복하지 못하는 한 정치판에서 정책대결은 없고, 다만 아군과 적군이 있을 뿐이다. 정권이 바뀌면 정부 요직에 칼바람이 부는 이유다. 블랙리스트가 등장하고 애먼 사람들이 보따리 싸는 일이 반복되고 있다.

문화예술계에도 블랙리스트의 망령이 떠나질 않는다. 블랙리스트는 그 존재만으로도 예술가들을 파놉티콘에 가두는 권력으로 작동한다. 권력이 표현의 자유를 억압하면 문화는 질식한다. 순치된 관변 선전물이 문화예술의 자리를 대신하고 진정한 예술은 시들어 버린다.

김수영 시인은 시보다 시론(문학론)으로 더 주목을 받는 시인이다. 김수영은 시의 본질은 꿈이며, 그 꿈은 현실에 발을 딛고 있지만 더 높은 곳을 지향한다고 강조했다. 김수영의 주장대로라면 시는 불온한 문서일 수밖에 없다. 아무리 풍족해도 결핍을 말하고, 자유가 넘쳐도 답답하다고 불평하는 것이 시이기 때문이다.

모든 문화예술이 그렇다. 문화예술은 현실원칙보다는 쾌락원칙을 추구한다. 문화예술은 사회의 금기에 순종하기보다는 조심스럽게 위반을 꿈꾸며 삶의 영역을 확장하려는 일탈의 기록이다. 불온하지 않은 예술은 낡은 것이다. 익숙한 재현은 죽은 예술이다. 예술가는 일탈을 기획하고 조장하는 사람이다.

브라이언 크랜스턴·다이안 레인·헬렌 미렌 등이 출연한 영화 「트럼 보」는 할리우드의 유명 시나리오 작가였던 돌턴 트럼보의 생애를 다룬 작품이다. 「트럼보」는 어떤 사회과학 논문이나 저서보다도 블랙리스 트의 폐단과 블랙리스트에 이름을 올린 영화인들의 수난을 잘 설명해 주고 있다.

1947년 미 의회 반미활동조사위원회로부터 소환장을 받기 전까지, 트럼보는 할리우드의 유명한 시나리오 작가로서 부와 명예를 누렸던 인물이다. 공산당에 가입했던 전력과 노조 파업을 지지한 것 때문에 위원회에 불려나간 트럼보는 동료들을 배신하고 부유한 삶을 이어갈 수 있었지만, 그는 매카시즘의 광풍에 맞서는 선택을 했다. 위원회에 소환된 트럼보는 "사상의 자유는 의회도 빼앗을 수 없다."며, "'네.'·'아 니오.'로만 대답하는 사람은 바보나 노예들 중의 하나죠."라며 증언을 거부했다. 옥고를 치렀고, 출감한 후에도 영화계에서 제명돼 작품 활동 을 할 수 없었다. 고난은 1960년대 초반까지 계속됐고, 이 기간 동안 트럼보는 가족과 동료들을 지키기 위해서 열한 개의 가명으로 작품을 발표했다.

1960년 커크 더글러스의 「스파르타쿠스」와 오토 프레밍거의 「영광 의 탈출」 제작에 참여하면서 비로소 트럼보는 자신의 이름으로 작품 활동을 할 수 있었다. 블랙리스트에 이름을 올린 영화인들과 작업하는 것이 금기시 되었던 당시, 커크 더글러스는 자신이 제작과 주연을 맡았던 「스파르타쿠스」의 각본을 트럼보에게 맡겼다. 이일로 당시에 수많은 독자를 거느리며 막강한 언론권력으로 행세했던 칼럼니스트

헤다 호퍼와 갈등을 빚기도 했다.

영화에서는 헤다가 "알고 지낸 지 참 오래 됐는데, 언제부터 이런 개자식이 됐지."하고 욕설을 하자 커크가 "원래 개자식이었어요. 당신이 몰랐던 거지."하고 되받으며 상대를 당황하게 하는 것으로 재현됐다.

1976년 트럼보가 사망하자 트럼보의 아들은 아버지의 명예를 되찾기 위해 「로마의 휴일」 원작자가 아버지임을 밝혔고, 영화예술과학아카데미는 이를 인정하여 40년 만에 원작자에게 아카데미 트로피를 수여했다. 트럼보는 사후에 「로마의 휴일」과 「브레이브 원」으로 오스카상을 두 차례 수상한 작가가 되었다.

전미작가조합 로렐상 수상식에서 트럼보가 밝혔듯이 블랙리스트가 존재했던 시기는 악마의 시절이었다. 힘없는 문화예술인들이 감당하기엔 너무나 가혹한 시절이었다. 많은 예술인들이 일터에서 쫓겨나고, 집을 잃고, 가정들이 해체됐다. 어떤 이들은 알코올중독자가 됐고, 어떤 이들은 노숙자로 전락했으며, 다수의 사람들이 병들어 죽었고 스스로 목숨을 버렸다.

블랙리스트가 존재하는 사회는 건전한 사회가 아니다. 그런 사회에서는 정의도, 공정도 기대할 수 없다. 블랙리스트가 존재하는 사회에는 갈등과 불신이 만연하고, 공동체 의식이나 페어플레이 정신이 희박하다. 결국 모두가 패자이고 불행해지는 사회다.

규모와 관계없이 조직을 사유화하고 권한을 남용할 때 블랙리스트의 유혹에 빠져들기 쉽다. 학연과 지연과 같은 사사로운 관계가 공적인 관계를 어지럽힐 때, 기준이나 매뉴얼을 위반할 때도 블랙리스트의 유혹은 커진다. 타자를 대상화하고 일방적인 소통에 익숙해질 때도 마찬가지다. 결국은 모두가 공감하고 수용할 수 있는 공평한 기준을 마련하고 적용하는 사회를 만드는 것이 중요하다.

　배제나 선택은 이음동의어라고 할 수 있다. 같은 행위라도 운용에 따라 비상을 위한 날갯짓이 될 수도 있고, 그 반대일 수도 있다. 공정성을 담보하지 못한 화이트리스트도 블랙리스트만큼 위험하다.

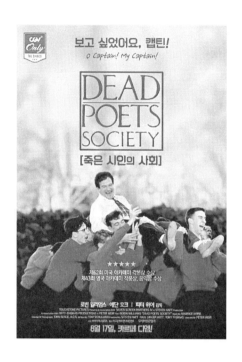

죽은 시인의 사회 Dead Poets Society, 1989

감독: 피터 위어 Peter Weir

출연: 로빈 윌리엄스, 에단 호크, 로버트 숀 레오나드, 조쉬 찰스,
      게일 핸슨, 딜런 커스만 외

"현재를 즐겨라. 오늘을 잡아라. 너만의 삶을 살아라."

"그리고, 의학·법률·경제·공학 이런 것들은 고귀한 직업이고 생명을 유지하기 위해 필요한 것이다. 그러나 시·아름다움·로맨스·사랑 이런 것들은 우리가 존재하는 이유다."

- 영화 「죽은 시인의 사회」 키팅 선생님의 대사 중에서

교사와 학생에게 '카르페 디엠'을 허(許)하라

슬픔도 반복되면 무감각해지는 걸까. 잊을 만 하면 반복되는 교사들의 자살에도 세상은 조용하기만 하다. 사람들은 이제 교사들의 비극적인 죽음을 교통사고쯤으로 치부하는 것 같다. 안타깝지 않은 죽음은 없겠지만 교사들의 자살이 주는 충격은 크다. 어쩌다 교사들이 자신들의 직업을 3D업종이라고 자조하는 세상이 됐는지, 착잡하다.

젊은 초등학교 교사가 스스로 생을 마감했다. 안타까운 죽음을 두고 나라가 시끄럽다. 학부모들의 갑질 논란을 우려하는 목소리가 봇물처럼 터져 나오면서 정치권은 학생과 교사를 갈라치기하며 남 탓 공방에 열을 올리고 있다.

교원단체가 사례 수집에 나서면서 참담한 사례들이 속속 드러나고 있다. 한 부모는 아이 변의 질감을 알려달라며 어린이집 교사에게 상분(嘗糞)의 복무를 요구했단다. 또 어떤 부모는 학벌을 자랑하며 교사에게 출신대학을 밝히라고 다그치고, 또 다른 부모는 아이가 왕의 DNA를 지녔으니 임금을 받들듯이 극진히 대할 것을 요구했다고 한다. 민원에 시달리던 교사가 자살하자 괴롭히던 학부모가 죽음의 진위를 확인하기 위해 장례식장을 찾았다고도 한다.

급기야 교사들이 교권 보장을 요구하며 거리로 나섰다. 교육 현장이 아닌 거리에서, 주먹을 허공에 휘두르며 교권수호를 외치고 있다. 이 웬 일그러진 풍경이란 말인가.

피터 위어 감독의 영화 「죽은 시인의 사회」의 배경이 되고 있는 '웰튼 아카데미'. 해마다 아이비리그에 많은 학생들을 합격시키는 명문 학교다. 이 학교 출신 선배들 중에는 선망 받는 직업인 변호사나 의사들이 많고, 사회 각 분야의 지도자로 존경받는 인물들도 많다.

하지만 학생들은 미래의 직업과 행복을 담보로 강요되는 강압적인 교육 때문에 부모와 갈등을 빚기도 하고, 명문대학 진학을 최우선으로 하는 교육 방식 때문에 엄격한 규율과 규제로 질식할 지경이다.

새로 부임한 문학교사 키팅. 이 학교 출신의 동문인 키팅은 파격적인 교육방식으로 파문을 일으킨다. 그는 인생에서 현재의 중요성과 세상을 바라보는 다양한 관점을 강조한다. 사랑이라는 이름으로, 미래의 행복이라는 명분으로 학생들에게 가해지는 억압과 폭력을 정당화하는 교육시스템에 반기를 든다.

'카르페 디엠.'

키팅은 학생들에게 미래를 위해 모든 것을 희생하지 말고 현재를 즐기라고 속삭인다. 또 세상을 다양한 관점에서 바라볼 것을 권한다. 키팅의 반란(?)은 아버지와 진로 문제로 갈등을 빚던 제자의 자살로 미완으로 끝난다. 교장 선생님과 부모들은 이 모든 것이 키팅 선생님의 지도 방식이 낳은 비극으로 결론짓고 키팅 선생을 추방하기로 결정한다.

교실 뒷문을 향하는 키팅 선생님을 바라보던 학생들은 권위와 압박의 상징인 책상 위에 올라가 "캡틴, 마이 캡틴"이라고 외치고, 키팅은 학생들을 돌아보며 "Thank You Boys, Thank You."라는 작별 인사를 남기고 떠난다.

입시지옥에서 벗어나기 위해 교사와 학생 모두에게 '카르페 디엠'을 용납할 수 있는 날은 요원한 것일까.

현금의 사태와 내 학창시절을 비교하면서 격세지감을 느낀다. 중·고등학교 시절 체벌은 일상이었다. 영어 선생님은 죽도를 끌고 교실문을 열었고, 수학 선생님은 출석부로 따귀를 때렸다. 공업 선생님과 교련 선생님은 수시로 '쪼인트'를 깠고, 체육 선생님은 '추리닝' 구입률이 저조하다고 '원산폭격'·'쪼그려 뛰기'·'낮은 포복'을 시켰다. 공부 좀 하는 녀석의 난해한 질문에 당황한 화학 선생님은 공연히 수업 태도를 문제 삼아 옥상으로 집합을 시켰다. 맞고 구르고 기고 뛰다보면 숨이 턱에 이르고 이내 머릿속이 하얘지면서 현기증이 엄습해왔다.

탈진할 즈음 수업 종료를 알리는 종소리는 말 그대로 구원의 종소리였다. 내 학창 시절은 스승에 대한 존경심 따위는 기대할 수 없는 폭력의 시대였다. 스승은 다만 무섭고 두려운 존재였다. 맞고서도 부모님께는 고자질은커녕 또 맞을까 두려워 멍 자국을 숨겨야 했다. 군사부일체이 거늘 어디다 하소연 하겠는가.

학교지옥에서 고난 받던 그 즈음 우연히 시드니 포이티어가 흑인배우로는 최초로 오스카 남우주연상을 수상했던 영화 「언제나 마음은 태양」을 감상했다. '일진' 집단이나 다름없는 학생들의 무례한 행동에 놀라고, 그런 학생들을 포용하면서 변화를 이끌어내는 흑인 선생님의 열정에 감동했다. 그런 선생님을 만나지 못한 불운을 한탄하며 룰루가 부른 '선생님께 사랑을 To Sir, with Love,'을 흥얼거리곤 했었다. 하지만 노랫말과 같은 헌사를 바칠 선생님을 끝내 만나지 못했다.

그 시절 나는 영화에서처럼 기회가 주어지면 선생님과 권투로 맞장을 떠보고 싶다는 발칙한 생각을 하고, 시도 때도 없이 몽둥이를 휘두르는 선생님을 골탕 먹일 계략을 궁리하는 나쁜 아이였다.

헤아려보니 나는 학생 신분으로 16년을 살았고, 중등교사와 강사 경력을 포함해서 34년 동안 선생노릇을 했다. 존경하는 스승을 만날 기회를 누리지 못했으면 좋은 스승이 되려고 노력이라도 했어야 했는데 그러질 못했다. 나는 선생이라기보다는 샐러리맨에 가까운 직장인이었다.

국책사업단장을 하면서 우연히 중학교 3학년 담임선생님의 딸을 만났다. 그녀는 내 사업단 소속 연구원이었다. 이를 계기로 내게도 존경스러운 스승이 있었다는 사실을 깨달았고, 선생이라는 자리에 대한 생각을 가다듬게 되었다.

중학교 핸드볼 선수였던 나는 특기생으로 고등학교에 진학할 예정이었다. 불행하게도 하계 합숙 훈련 중에 연습을 마치고 물놀이를 갔다가 두 선배가 익사했다. 설상가상으로 다른 선배들이 합숙소에서 흡연하다가 발각돼 정학을 당하고, 결국 핸드볼 팀은 해체되었다. 2학년이었던 나는 특기생이 아닌 일반응시생으로 진학해야 하는 난감한 처지가 됐다.

3학년 담임선생님은 나를 방과 후에 특별지도를 하셨다. 일종의 나머지공부였는데, 모든 교과를 아우르는 강행군이었다. 선생님은 때때로 매도 들며 가혹할 정도로 다그치셨다. 덕분에 지역 명문 고등학교에 무난히 합격할 수 있었다. 같은 반 친구가 수석 합격했지만 선생님께서는 친구가 수석 합격한 것보다 내가 합격한 것이 더 기쁘다며 격려해 주셨다. 그런 선생님을 까맣게 잊고 지냈다. 어쩌면 선생님은 오늘의 나를 만들어주신 분일 수도 있는데. 나는 너무 무심한 제자였다.

사업단 연구원들과 가끔 점심식사를 함께 할 때마다 은사님 딸이 고사하는 것이 마음에 걸렸다. 이유는 단 하나, 목발을 짚고 3층을

오르내리는 것이 불편했기 때문이다. 보은까지는 아니지만 이번에도 무심하게 지나치면 은사님 뵐 낯이 없겠다는 생각에 해결책을 찾아보기로 했다. 연구실을 1층 퇴임교수의 빈 연구실로 옮기려고 했지만 해당학과 교수들의 반대로 무산됐다.

마침 인문대 리모델링 사업이 추진되면서 기회가 찾아왔다. 엘리베이터 설치를 추진하기로 했다. 동료 교수들과 관련부서의 실무자를 설득하고 총장의 승인을 받는 일 등 뭐 하나 쉽지 않았다. 그즈음 여선생과 여학생이 연이어 계단에서 낙상하는 사고가 발생했는데, 남의 불행이 일을 도모하는데 도움이 될 줄이야. 나는 인문대생의 70% 이상이 여학생임을 강조하면서 이들을 배려하는 인문학적인 설계가 필요하다고 역설했고, 총장이 승인하면서 엘리베이터 설치가 성사됐다. 이 일로 나는 은사님에 대한 부채의식을 덜 수 있었다.

몇 차례 찾아뵈려 했지만 그때마다 은사님께서 병환 중이라며 고사하셔서 전화로만 안부 인사를 여쭙고 말았다.

비밀로 하기로 한 약속을 깨고 준공식 자리에서 총장이 입방정을 떠는 바람에 엘리베이터 설치 과정의 전모가 드러났고, 나는 졸지에 여성을 존중하는 휴머니스트가 되었다.

은사님 따님을 우연히 만나면서 잊고 살았던 은사님을 찾는 행운을 누렸다. 이 일을 계기로 선생님들을 원망했던 마음지옥에서 벗어나 선생의 자리를 성찰하는 시간을 가질 수 있었다.

명철보신을 좌우명으로, 먹을 때 말고는 입을 닫고 지내야 하는 강사시절에도 오만과 독선에 사로잡혀 은사들과 논쟁을 벌이며 은사들의 심기를 불편하게 했다.

술이 거나해지면 은사들을 싸잡아 전두환키즈로 매도하며, 무능한 졸정제 교수들이 유능한 후학들의 길을 막고 있다며, 인적 그레샴법칙의 폐단을 개선해야한다고 핏대를 세웠다. 머지않아 나도 후배교수들의 손가락 끝에 서게 될 줄 모르고 오만방자하게 굴었다. 그 시절 나는 모두에게 밤송이 같은 존재였다.

이미 세 분은 세상을 뜨셨다. 몇 분은 건강이 좋지 않다는 소문이 들려온다. 더 늦기 전에 회동을 주선해야 할 것 같다. 관계가 어그러졌던 지난날이야 되돌릴 수 없겠지만 남은 생애만이라도 연을 맺었던 사람들과 함께 꽃길을 걷고 싶다.

젊은 교사의 부음을 접하면서 방정맞게 영화 「친구」에서 동수가 했던 대사, "마이 무으따 아이가. 고마해라."가 떠오르는 것은 왜일까.

신들이 그대, 혹은 나에게 무슨 운명을 줄 것인지 알려고 하지 말게나,

레우코노에여, 바빌로니아 숫자놀음도 하지 말게나.

미래가 무엇이든 간에 우리에게 주어진 운명을 견디는 것이 훨씬 훌륭한 것이라네

유피테르 신께서 너에게 더 많은 겨울을 나게 해주시거나, 혹은 이것이 일생의 마지막 겨울이거나.

지금 이 순간에도 티레니아 바다의 파도는 맞은편의 바위를 점점 닳아 없애고 있다네.

(친구여,) 현명하게 살게나, 포도주를 줄이고 먼 미래의 욕심을 가까운 내일의 희망으로 바꾸게나

지금 우리가 말하는 동안에도, 질투하는 시간은 이미 흘러갔을 것이라네.

오늘을 붙잡게, 미래에 대한 기대는 최소한으로 해두고.

－ 호라티우스의 라틴어 시 중에서

장미의 전쟁 The War Of The Roses, 1989
감독: 대니 드비토
출연: 마이클 더글라스, 캐서린 터너, 대니 드비토, 마리안 제게브
레히트 외

비바람 막아주는 지붕,
지붕을 받치고 있는 네 벽,
네 벽을 잡아주는 땅
그렇게 모여서 집이 됩니다.

따로 떨어지지 않고,
서로 마주보고 감싸 안아
한 집이 됩니다.
아늑한 집이 됩니다.

　　　　　　　　- 강지인, 「집」 전문

새집을 바라보다

우려가 현실이 됐다. 일확천금은 아니더라도, 한몫 잡을 단꿈에 취했던 젊은이들의 한숨이 깊어만 간다. 영혼까지 끌어다 아파트를 사들인다고 해서 '영끌족'이라는 신조어까지 등장했던, 투자라기보다는 투기에 가깝던 부동산 열풍의 뒤끝이 매섭다. 아직도 바닥이 아니라는, 당분간 가격이 더 하락할 것이라는 전문가들의 진단에 빚을 내서 집을 마련했던 많은 젊은이들이 절망하고 있다.

집은 집일뿐인데, 집이 뭐라고 그렇게들 집에 집착하는지 모르겠다. 넓고 화려한 집에 사는 것이 좋긴 하겠지만 집착이 도를 넘은 것 같아 씁쓸하다. 입는 것, 먹는 것과 더불어 집은 삶의 기본 요건 중의 하나인데, 그 구실만으로는 충분하지 않은가 보다. '사용가치'보다는 '교환가치'에, '진정한 가치'보다는 '거짓가치'에 현혹된 소비자의 욕구를 들먹이는 먹물들의 폼 나는 설명이 아니어도 웬만한 사람들은 다 안다. 이 사달의 원인이 집을 주거를 위한 공간으로 생각하기보다는 재산 증식을 위한 수단으로 여기는 데 있음을.

수도권 지역의 규제가 강화되고 투자자들이 규제 없는 지역으로 눈길을 돌리면서, 내가 사는 작은 도시에도 부동산 열풍이 불기 시작했다. '아파트 쇼핑'이라는 말이 유행할 정도다. 수도권에서 강림(?)하신 큰손들이 쓸고 간 뒤에 평소 가깝게 지냈던 지인들이 이삭줍기에 나섰다. 그들은 곽곽한 내 형편도 모르고 지금이 기회라는 등, 안 사면 곧 후회할 거라는 등 권유 반 협박 반으로 동참할 것을 요구하지만 그만한 돈이 내게는 없다. 나를 무척이나 아꼈던 그들은 무덤덤한 내 반응을 보며 안타까운 듯 끌탕을 쳤다. 그랬던 그들의 표정이 요즘 밝은 것 같지 않다.

두어 해 전, 물색 모르던 나는 웃돈을 주고 아파트 샀다고 자랑하던 선배에게 그가 샀다는 '00파크' 가격을 물은 적이 있다. 선배는 정색을 하면서 '00파크'가 아니라 '00타워'라고 아파트명을 바로잡았다. 딱하다는 눈길로 나를 보면서 '00파크'보다 '00타워'가 두어 장 더 비싸다고 친절한 설명까지 덧붙였다. 빌어먹을. 나중에 안 일이지만, 한 장은 일천 만이 아니라 일 억을 의미한단다. 직선거리로 일 킬로미터도 안 떨어진, 같은 회사가 지은 아파트 가격이 그렇게 큰 차이가 나다니. 알 수 없는 노릇이다. 그 시절 나는 개념 없는 인간이었다.

높이와 가격이 하늘을 찌를 듯하던 '00타워'의 시세가 꺾였다는 소문이 들린다. 일전에 문화예술회관에서 만난 모 선배의 표정이 어두웠던 이유를 알겠다.

이쯤에서 내가 살았던 집들에 대한 흑사(黑史)를 회상해 본다. 어린 시절 나는 동네에서 제일 번듯한 기와집에서 살았다. 귀동냥으로 지서장을 하던 아버지가 영림서 직원에게서 목재를 구해서 지었다고 들었다. 그 집은 송사(訟事)에서 지면서 내손으로 헐어냈다. 법원에서 강제집행 통보를 받은 후에 부모님을 동생이 살고 있는 캐나다로 한 달 동안 여행을 보내드렸다. 당신들이 보는 앞에서 여섯 남매를 길렀던 당신들 삶의 터전을 헐어낼 수는 없었다. 중장비 소리와 함께 내 어린 시절의 추억도 기억 저편으로 묻었다. 텅 빈 집터를 바라보면서 눈물을 훔치는 것 말고는 더 할 일이 없었다. 집을 철거한 다음날 새벽 캐나다로부터 전화가 걸려 왔다. 집이 헐린 것을 알 턱이 없는 아버지 음성은 낭랑하고 쾌활했다.

아버지는 당신 집을 지키지 못했다.

결혼 후 부임지에서 미용실 2층에 단돈 이백오십만 원짜리 신혼살림을 차리고, 일터를 옮기면서 허름한 연립을 사고, 7년 만에 고향에 이층집을 짓고 금의환향했다. 나는 그 아버지의 그 아들이었다. 동네에서 제일 좋은 집을 지었고, 얇은 귀 때문에 보증을 섰다가 집을 날렸다. 외환위기의 칼바람이 불던 무렵이었다.

아내는 애들 교육을 핑계로, 시부모의 만류를 뿌리치고 시내로 전세를 얻어 이사를 강행했고, 나는 아내의 서슬에 눈을 내리깔고 죄인처럼 따라 나섰다. 이후 살던 전셋집을 사고, 같은 동 옆 통로 넓은 평수로 옮겨 지금까지 살고 있다. 집 날린 전과 때문에 주눅이 들어있는 내게 틈만 나면 아내는 오금을 박듯 윽박지른다. '마누라 말을 들으면 자다가도 떡이 생긴다'고. 그 말을 믿지는 않지만 가정의 평화를 위해 마누라 말을 듣는 척하며 살기로 결심(?)했다.

현재 살고 있는 집으로 이사하고 나서 남편이 좋은 직장을 잡았고, 자식들이 남부럽지 않은 대학에 입학했으니 아내로서는 목에 힘을 줄만도 하다.

아내 덕에 엄동설한에는 보일러 팡팡 돌리고, 염천에는 에어컨 빵빵 틀어대면서 사는 행복을 어디다 비길 수 있겠는가. 마누라 덕분에 내 인생의 어두운 역사는 끝이 나고 서광이 비쳐오니 이 또한 고맙지 아니한가.

언제부턴가 아내가 새 아파트 타령을 시작했다. 새 아파트에 입주한 지인들 집을 방문하고 돌아온 날에는 특정 아파트 이름을 들먹이면서 옮겨갈 것처럼 들뜬 모습을 보였다. 그럴 때마나 나는 아파트는 싱크대 바꾸고 도배만하면 새집이라며 김을 뺐다. 대기업이 시공하는 아파트 모델하우스를 함께 가보자는 권유를 일언지하에 거절했다. 견물생심이다. 잘 꾸며놓은 모델하우스를 보고 마음이 흔들리면 안 된다며, 아내의 계략에 말려들지 않겠다고 결의를 다졌다. 그러면서 돈 벌겠다고 집

가지고 장난질 치는 무리들은 언젠가는 큰코다칠 거라고 어깃장을 놓았다.

마이클 더글러스와 캐서린 터너가 남녀 주인공으로 출연한 영화 드니 대비토 감독의 「장미의 전쟁」은 집에 대해 많은 것을 생각하게 해주는 작품이다. 부부싸움을 '장미의 전쟁'이라니. 제목부터가 터무니없이 거창하다. '장미전쟁'이 어떤 전쟁인가. 15세기 잉글랜드 왕위 계승권을 놓고 랭커스터가(家)와 요크가(家)가 벌인 전쟁, 랭커스터가가 붉은 장미를 요크가가 흰 장미를 문장으로 사용한 데서 '장미전쟁'이라고 한 존속살인극이 아니었던가.

하버드 법대 출신의 촉망받는 변호사 올리버와 체육대 출신의 건강하고 능동적인 바바라는 경마장에서 만나 첫 눈에 반해 결혼한다. 두 사람은 재산도 모으고 궁궐 같은 집에서 자식들을 기르며 남부럽지 않게 산다. 그러나 경제적, 물질적 안정을 이루고 나자 사소한 것으로도 자주 의견 충돌을 빚는다. 상대가 아끼는 물건을 훼손하면서 서로 상처를 주며 갈등을 키운다. 급기야 이혼에 합의하고 집을 차지하기 위한 싸움이 시작된다. 영화의 마지막에 두 사람은 싸우다가 천장을 장식하고 있는 샹들리에에 매달리게 된다. 샹들리에는 두 사람의 행복하고 영화롭던 시절의 상징이다. 그런데 바바라가 남편을 죽이기 위해 그 샹들리에에 줄의 일부를 잘라 놓아 위태롭기만 하다. 싸움은 두 사람이 샹들리에와 함께 추락하면서 끝이 난다. 죽음을 목전에 둔 올리버가 내민 손을 바바라가 뿌리치던 장면이 서늘하다.

집은 부부 사이가 좋을 때는 공동의 공간으로 함께 행복을 만들어 가는 스위트홈이지만, 부부 사이에 틈이 생기면 집은 싸워서 쟁취해야 할 전리품이 된다. 가정을 파괴한 사람들이 껍데기만 남은 집을 차지하려고 사투를 벌이는 것이 아이러니하다. 영화에서 샹들리에의 줄을 끊어 놓은 장본인이 바바라였던 데서 보듯 가정 파괴의 원인은 외부에서 오는 것이 아니라 내부에서 온다. 집은 스위트홈이 아니면 전쟁터나 다름없다.

더스틴 호프만과 케이트 리드가 남녀 주인공을 맡은 영화, 아서 밀러 원작의 「세일즈맨의 죽음」도 집에 대한 상념을 깊게 하는 작품이다.
사회변동과 함께 존재 의미를 잃어 가는 세일즈맨 윌리가 겪는 고통과 희생은 비단 윌리만의 것이 아니다. 동시대를 살아가는 모든 가장들의 고통과 희생이다. 가족에게 큰돈을 남겨주기 위한 유일한 방법으로 교통사고를 택한 윌리, 그렇게 세상을 떠난 윌리를 마지막 보내는 묘지에서 아내 린다는 홀로 남아 절규한다.

"할부금도 다 냈어요. 집은 우리 집이 되었는데, 함께 살 사람이 없네요."

집은 어느 한 사람의 집이 아니라 구성원 모두의 집일 때 비로소 완전한 집이 될 수 있다.

　방동리 누거 '여락서재' 주변에는 다양한 새들이 집을 짓고 산다. 봄이 오면 대청 추녀에는 제비가 집을 짓고, 정원 소나무가지에는 딱새가 둥지를 튼다. 별채 지붕 밑에도 참새가 조그만 구멍을 내고 보금자리를 튼다. 갯가 고목에는 물까치가 엉성하게 집을 얽고, 집 뒤편 숲에는 솔새가 가느다란 가지에 흔들거리는 집을 매단다. 알을 낳고, 암수가 교대로 알을 품어 새끼 까고, 부지런히 먹이를 물어다 먹인다. 고양이나 이방인들의 눈을 피해 새끼들 나는 연습을 시키고, 그런 후에 무리를 지어 비상하기도 하고, 전선에 나란히 앉아 다정하게 지저귀기도 한다.

　새들이 떠난 후에도 빈집과 둥지에 눈길이 자주 간다. 아직도 온기가 남아있는 듯하다.

　집은 집이다. 아니 집일 뿐이다. '자아의 성'이 아닌 '공동의 공간'일 때 집에는 온기가 돈다. 크기와 겉모습보다는 무엇으로 채울 것인가를 가족 구성원이 함께 고민하는 지혜가 필요하다.

3부

영화에 비춰본 내 인생

버킷리스트: 죽기 전에 꼭 하고 싶은 것들

The Bucket List, 2007

감독: 롭 라이너

출연: 잭 니콜슨, 모건 프리먼, 션 헤이즈, 비벌리 토드 외

"고대 이집트인들은 죽음에 대해 멋진 믿음을 가지고 있었던 것을 아는가? 영혼이 하늘에 가면 신이 두 가지 질문을 했다네. 대답에 따라서 천국행 여부가 결정됐다고 하지.

'인생의 기쁨을 찾았는가.'
'살면서 다른 사람들에게 어떤 기쁨을 주었는가.'

대답해 보게나."

더 이상의 버킷리스트는 필요 없다

롭 라이너 감독의 영화 「버킷 리스트」는 죽기 전에 꼭 하고 싶은 소원을 적은 리스트를 만들고, 리스트를 하나씩 실행해가는 두 노인의 모습을 보여준다. 한때 버킷리스트 열풍을 일으켰던 이 영화는 2008년에 국내에서 개봉되었지만 평단의 호평에도 불구하고 팬들의 사랑을 받지 못했다. 치유담론이 성행하고 우리사회가 노령화 사회로 접어들면서 웰다잉이 화두가 되었고, 그런 가운데 「버킷리스트」는 2017년에 재개봉됐다.

가난하지만 한평생 가정을 위해 자신을 희생하며 헌신적으로 살아온 정비사 카터와 자수성가한 백만장자이지만 괴팍한 성격 때문에 주변에 아무도 없는 사업가 잭은 잭이 소유한 병원 병실에서 우연히 만난다.

공통점이라곤 티끌만큼도 없는 두 사람의 한 가지 공통점은 오로지

앞만 보고 인생을 달려왔다는 것뿐이다. 암 판정을 받아 시한부 인생을 사는 두 사람이 버킷리스트를 작성하고 실행에 나선다. 명불허전, 카터 역을 맡은 모건 프리먼과 에드워드 역을 맡은 잭 니콜슨의 농익은 연기가 빛을 발한 작품이다.

문화적 패턴과 정서와의 관계를 연구한 『허기사회』의 저자 주창윤은 우리 사회의 문화적 특징 저변에는 '정서적 허기'가 깔려 있다고 진단했다. 저자는 우리 사회 구성원들이 빠져 있는 정서적 허기는 단순한 배고픔을 의미하지 않으며, 배가 고프면 음식을 먹어서 해소할 수 있는 육체적 배고픔이 아니라 '갈증의 배고픔'이라고 부연했다.

저자의 말대로라면 인간에게는 몸속 위장이 아닌 정서와 관련된 위장이 따로 있는 셈이다.

무기력증에 빠진 탐식 환자들의 '정서적 식욕'이라는 문제를 집중 연구한 정신 의학자 로저 굴드는 폭식이나 탐식은 먹는 문제가 아니라 특정 개인이 처해 있는 '마음의 문제'인 것이라고 결론 내렸다. 사회 구성원이 육체적인 포만감으로도 해소되지 않는, 빈 밥그릇을 보면서 허기를 느끼는 '빈 밥그릇의 허기'를 안고 사는 사회는 건강한 사회가 아니다. 웰빙 담론과 힐링 담론이 유행한 것도 이와 무관하지 않을 것이다. 이러한 담론의 진원이 다름 아닌 우리 사회의 팍팍한 현실인데, 우리 사회가 안고 있는 근본적이고 구조적인 원인에 대해 침묵하거나 외면하는 치유 담론이나 힐링 담론은 한계를 드러낼 수밖에 없다. 사회의 구조적 모순을 외면한 채, 그로 인해 사람들이 겪고 있는 고통을 개인적 차원의 문제로 환원하고 치유를 논하는 것은 문제의 근본적인 해결을 외면한 미봉책에 불과하다.

현대 사회의 특징은 사회생활의 패턴이 변화하면서 관계의 결핍이 심화되고 있는 점이다. 정서적으로 외로운 사람들이 해마다 증가하고 많은 사람들이 스스로 삶을 마감하고 있다. 정호승 시인은 「수선화에게」라는 시에서 '가끔은 하느님도 외로워서 눈물을 흘리신다.'고 했다. 절대자도 외로움을 타는데 인간이 무슨 재간으로 외로움을 비켜갈 수 있겠는가. 외로운 사람끼리 서로 의지하면서 살아가는 지혜가 필요하다.

카터와 에드워드의 만남은 조금은 억지스러운 감이 있지만 그들이 의기투합한 후에 보여주는 도전은 신선하다. 영화는 두 주인공이 여행하는 다양한 나라와 장소들을 통해 멋진 스펙터클과 이국적인 풍광을 간접체험 할 수 있는 즐거움을 선사하지만, 중요한 것은 버킷리스트의 내용을 실천하는 것이 아니라 여행을 통해 도달한 깨우침이다.

아프리카 초원과 피라미드, 타지마할 등을 여행하면서 두 사람은 자신들의 지나온 삶을 되돌아보며 인생의 가장 중요한 의미인 사랑과 가족의 중요성을 깨닫게 된다.

「버킷리스트」는 어떤 웰다잉 담론보다도 정서적 허기를 보듬고 치유하는데 있어서 긍정적인 영향을 주는 영화다. 영화 그 이상의 치유담론이요 대안치료제다. 감상하는 동안 정서적 허기와 죽음에 대한 두려움을 잊을 수 있어서 행복했다.

「버킷리스트」를 감상한 후 나의 버킷리스트를 정리해 보았다. 죽을 때까지 영화 천 편 감상하기, 소설로 등단하고 전기소설『만천리 비사』 완성하기, 수필집 다섯 권 발표하기, 중등 교과서에 실릴 수 있는 좋은 작품 남기기, 5천 평 이상의 땅 사기, 손주 손녀들 대학 졸업까지 필요한 학비 마련하기, 설악산 공룡능선 넘기, 아내와 산티아고 순례길 완주하기, 방송원고 모아서『커피 & 클래식』출간하기, 아들과 법 관련 영화 자료집 발간하기 등등.

영화 감상이나 책을 내는 일은 조금 부지런을 떨면 그럭저럭 완수할 수 있을 것 같다. 하지만 손주 손녀를 위한 학비 마련이나 땅 5천 편 구입하기 등과 같은 항목은 실현 가능성이 거의 없을 것 같다. 나이 들고 돈 버는 재주도 젬병인 연금생활자로서는 감당하기 어려운 회망사항이다. 산티아고 순례나 공룡능선 등반도 의지만 가지고는 이룰 수 없는 꿈이다. 무릎 관절이 신통치 않은 아내도 아내지만 어느 날부터인가 나도 모르게 '아이고' 하는 신음 소리를 달고 사는 내가 그 힘든 노정을 소화할 수 있을까 두렵다.

이쯤에서 땅 사 모으기는 슬쩍 빼고 있는 땅에 유실수 백 그루 심기, 손주 손녀에게 줄 용돈 모으기 정도로 하향 조정하는 것이 정신건 강에 좋을 듯하다. 여기에다가 야생화를 좋아하는 아내를 위해 꽃밭 만들기, 청소년과 노인들을 위한 영화 봉사 3백 회 하기, 1년에 한 차례 국내 순례길 찾아서 걷기, 설악산 비선대까지 트레킹 하기 등을 보태면 그런대로 민망하지 않을 것 같다.

버킷리스트를 만들고 실천하는 일이 즐겁고 보람 있어야지 그 무게에 가위눌림을 당하면 무슨 소용이 있겠는가. 버킷리스트는 살면서 제 깜냥에 맞게 수정하면서 자신이 좋아하는 것을 발견하고 자신의 능력을 확인할 수 있어야 생활에 도움이 될 것 같다. 삶의 방향성이나 구체성을 담보할 수 있다면 금상첨화리라.

작은 과수원에서 귀여운 녀석들과 사과며 배며 블루베리 등속의 과일을 수확하는 장면을 그려보는 것만으로도 흡족하다. 야생화 꽃밭에서 풀을 뽑는 아내의 뒷모습을 바라보는 상상만으로도 흐뭇하다.

세상 사물의 윤곽이 희미하게 드러날 무렵 아직 잠들어 있는 아내와 웅크리고 새근거리는 외손주를 보며 일어나 하루를 시작한다. 서재에서 잠시 명상을 마치고 고양이걸음으로 거실로 나와 소리 나지 않게 커튼을 젖힌다. 버스를 기다리는 승객들, 아침 운동을 하는 사람들, 질펀한 밤의 흔적을 치우고 있는 환경미화원의 비질하는 모습, 편의점에 앉아 커피를 마시는 사람들 등 어둠을 밀어내며 하루 일상을 시작하는 부지런한 사람들을 내려다본다.

새로운 날을 허락한 그분께 감사할 따름이다. 인생의 기쁨을 찾고, 살면서 다른 사람들에게 기쁨을 주는 삶을 고민하다 보면 보람도 느낄 수 있으리라. 더 이상의 버킷리스트는 필요 없다. 모든 정서적 허기는 과욕에서 비롯되는 것일 터, 조그만 성취로도 포만감을 느낄 수 있는 작은 버킷리스트의 지혜가 필요하다.

줄이면 비로소 누릴 수 있는 즐거움이 있다면 기꺼이 팍팍 줄이리라, 술만 빼고.

네버랜드를 찾아서 Finding Neverland, 2004

감독: 마크 포스터

출연: 조니 뎁, 케이트 윈슬럿, 줄리 크리스티, 라다 미첼, 더스틴
    호프만 외

베리: "믿으면 이루어진다."

피터: "그건 그냥 연극일 뿐이에요."

나는 네버랜드의 청소부

지금 내가 살고 있는 아파트는 이 도시에서 처음으로 지어진 민영고층아파트다. 40여 년 전 분양 당시만 해도 3년 치 교사 봉급을 모은 웃돈을 얹어 분양권을 사고 팔 정도로 인기가 좋은 아파트였다. 지역의 내로라하는 부자들이 이 아파트로 모여들었다. 이제 그들은 아파트 명칭에 '빌'이나 '파크'나 '타워'가 붙은 더 높고 비싼 아파트를 찾아 철새처럼 날아가고, 평범한 서민들이 새 주인이 되었다.

가까운 시골에 살다가 애들 교육을 핑계로 이 아파트로 이사 온 지 어언 30년이 지났다. 중간에 같은 동에서 평수가 넓은 호수로 옮겼지만 통로만 바뀌었을 뿐 같은 아파트에서 계속 살고 있다. 오래된 아파트라서 보일러가 터지고 녹물이 나서 몇 차례 수리를 했다. 단열도 신통치 않아 여름에는 덥고 겨울에는 춥다. 아내는 옮겼으면 하는 눈치지만 나는 모른 체 버티면서 지금까지 살고 있다. 최근 들어 새로 지은 아파트 가격이 폭등하고 내가 살고 있는 아파트 가격은 제자리걸음을 해 격차가 벌어졌다. 부담을 느꼈는지 아내는 이사의 꿈을 접은 것 같다. 다행이다.

특별할 것은 없지만 내가 이 아파트를 고집하는 데는 몇 가지 이유가 있다. 우선 차액을 감당할 여유가 없다. 몇 억씩 더 보태서 이사하고 허리를 조이느니 차라리 고치고 살면서 그 돈으로 아내와 함께 세계를 매주 밟듯 싸다니는 것이 더 근사할 것이라는 게 내 생각이다.

나는 아직도 영화 「로마 위드 러브」의 주인공들이 좌충우돌하던 로마의 명소나 「라스트 크리스마스」에서 케이트와 톰이 사랑을 나눴던 런던 거리를 걸어보지 못했다. 노트르담 성당을 찾았을 때 가보고 싶었던, 제시와 셀린이 「비포 선 라이즈」에서 꿈같은 하룻밤을 함께 보내고 헤어졌다가 9년 후 「비포 선 셋」에서 다시 재회했던 셰익스피어 앤 컴퍼니 서점이나 인근의 생 미셸 거리도 가보지 못했다. 내가 그렇게 원하는 웨스트엔드나 브로드웨이의 극장에서 뮤지컬을 감상하는 소망은 아직도 소망으로 남아 있다. 모스크바 광장과 에르미타주를 가보지 못했으며 이제는 실현 가능성이 희박하지만 히말라야 트레킹과 타클라마칸 보도 횡단 꿈을 이루지 못했다.

카페 델라 파체에서 이곳을 즐겨 찾았던 예술가의 체취를 느끼며 아내와 마주 앉아 커피를 마시고, 센 강변을 걸으며 케밥을 먹는 상상만으로도 즐겁다.

집보다는 여행이다. 이사는 무슨.

다음으로 이곳 주민들의 사는 모습이 만만하기 때문이다. 못난 인간의 자기합리화인지 모르겠지만 골프채를 나르거나 여행가방을 끌고 다니는 사람들에게 주눅들 일이 없다. 고급 승용차나 외제 승용차가 없는 건 아니지만 주차장에는 경차나 중형차가 대부분이고, 주인의 직업을 한 눈에 알 수 있는 푸드 트럭이나 짐칸에 공사 장비를 실은 포터트럭도 여럿 보인다. 가끔 주차 문제로 경비원에게 고함을 치는 앞 동 건축업자를 제외하곤 우리 아파트에는 있는 척하면서 거드름을 피우거나 목을 빳빳하게 세우고 눈을 부라리는 주민이 없다. 우리 아파트는 제 깜냥대로 살아가는 필부필부와 장삼이사들의 보금자리다.

우리 아파트는 온기가 넘치는 공동체다. 주민들은 만나면 서로 반갑게 인사를 나눈다. 오늘 날씨가 어떻다는 둥, 운동하러 가시냐는 둥, 아이들이 많이 성장했다는 둥, 건강이 좋아 보인다는 둥 그냥 지나치는 경우는 드물다.

텃밭에서 수확한 채소를 서로 나누고, 낚시광인 앞집 아저씨는 가끔 전리품(?)을 들고 초인종을 누른다. 엘리베이터 안의 향수 냄새만으로도 방금 누가 탔었는지 알 수 있다.

무엇보다도 내가 이 아파트를 사랑하는 이유는 아이들이 많아서다. 낮은 출생률 때문에 나라의 미래를 걱정하는 뉴스가 연일 들려오지만 딴 나라 이야기처럼 들린다.

우리 통로만 하더라도 노인들만 사는 가구를 제외하면 한 집에 기본으로 두 명의 자녀를 키우고 있고, 셋 내지 네 자녀를 둔 가정도 꽤 여럿이다. 방과 후 무리지어 보드를 타고 주차장을 질주하는 아이들을 바라보면 절로 미소 짓게 된다. 놀이터에서 노는 아이들의 재잘거리는 소음도 정겹다. 마주치면 목청껏 큰 소리로 인사하는 녀석들이 기특하다. 그 아이들이 키가 훌쩍 자라 이제는 나를 내려다본다. 녀석들이 대견스럽다. 가까운 곳에 사는 딸아이의 육아를 돕다보니 세상의 모든 어린이들이 다 내 손자 손녀 같다.

우리나라 청소년들의 행복지수가 OECD 회원국 중에서 가장 낮다고 한다. 정쟁으로 세월을 보내며 국민들의 불쾌지수를 높이고 있는 선량들의 큰 집을 회수하여 아이들이 구김살 없이 자랄 수 있는 네버랜드를 만드는 엉뚱한 상상을 해본다.

21세기 초. 대한민국의 어느 호반의 도시에 사는 무명작가 모씨는 베스트셀러를 쓰고 말겠다던 자신의 소망이 물거품이 되자 실의에 빠진다.

근교에 손바닥만 한 땅뙈기를 사들여 움막을 짓고 아내와 농사를 지으며 소일하던 모씨가 하루는 낚시대를 챙겨 집을 나섰다. 10분 거리의 강가에 도착한 모씨는 낚싯대를 펼쳐놓고 월척을 꿈꾸며 찌를 응시했다. 잡은 고기를 굽고 아내와 마주 앉아 지난 여름에 담근 매실주를 나눠 마실 생각에 절로 만면에 미소가 번졌다. 입질은 없고, 차츰 지쳐가던 모씨는 찌 너머 수면 위로 희미하게 보이는 레고랜드를 발견하고 자신도 모르게 상념의 나래를 편다. 레고랜드를 향하여 물위를 걷던 모씨는 그 옆에 아무도 살지 않는 섬을 발견하고는 세 아이를 기르느라 탈진해 두 차례나 응급실에 실려 갔던 딸과 아이들을 위해 레고랜드보다 더 시설이 좋은 네버랜드를 건설하겠다는 야심찬 계획을 세웠다. 성대하게 네버랜드 준공식을 마치고 모씨는 딸과 세 아이들을 위해 우스꽝스러운 변장을 하고 해적 놀이도 하고, 숨바꼭질도 하며 즐겁게 놀았다. 잠시 쉬는 중에 주방 놀이 장난감을 훔쳐 달아나는 침팬지를 뒤쫓던 손녀가 물웅덩이 속으로 떨어지는 것을 잡으려고 손을 뻗다가 잠에서 깼다.

온몸이 흠뻑 젖어 물이 줄줄 흘렀다. 잠깐 졸다가 그만 물에 빠지고만 것이다. 물에 빠진 생쥐 꼴로 들어서는 모씨에게 아내는 까닭을 물었고, 모씨는 자초지종을 이실직고했다. 아내는 끌탕을 치며 주제도 모르고 제임스 배리 흉내를 내다가는 물귀신이 될 거라며 빈정댔다. 하지만 모씨는 실망하지 않고 네버랜드 이야기를 완성하여 J. K. 롤링이 『해리포터』를 출판했던 출판사를 찾아 출판을 부탁했다. 평론가들의 예상을 깨고 『네버랜드』는 베스트셀러가 되었고 모씨는 큰돈을 벌었다.

국회나라가 부도가 나서 선량들이 살던 집이 경매 매물로 나왔다는 소식을 듣고 모씨는 이야기 속의 '네버랜드'를 건설할 계획을 세웠다. 세 번의 유찰 끝에 너른 땅과 건물을 낙찰 받은 모씨는 디즈니보다 더 시설 좋은 어린이 왕국을 건설하고 입구에 네버랜드라는 간판을 걸었다. 회장노릇보다는 어린이들과 어울리고 싶었던 모씨는 네버랜드의 청소부로 일하며 행복하게 살았다.

세월이 흘러 하느님의 부르심을 받고, 어린애들의 코 묻은 돈과 애들 부모들의 주머니를 털다가 먼저 세상을 뜬 월트 디즈니를 혼내주기 위해 하늘나라에 올라갔으나, 연옥에 떨어진 월트 디즈니를 만나지 못하고 베아트리체의 안내를 받으며 천국으로 들어갔다.

그럴 듯한데. 흠, 그런대로 괜찮군.

마크 포스터 감독의 「네버랜드를 찾아서」는 「피터 팬」의 탄생 배경을 추적한다. 나이 먹기를 거부하는 판타지 작가 제임스 매튜 배리가 「피터 팬」을 창조한 2년의 시간을 추적하고 상상한다. 모 평론가의 말대로 「네버랜드를 찾아서」는 J. M. 배리의 전기 영화라기보다 피터 팬의 전기 영화라고 말하는 편이 더 정확할 것이다.

1903년 런던. 20세기 초. 영국 런던에서 나름 유명세를 누리던 극작가 제임스 배리는 자신의 작품이 흥행에 부진을 보이자 슬럼프에 빠진다. 아내 메리와도 조금씩 멀어져 간다.

어느 날 켄싱턴 공원을 산책하던 제임스는 젊은 미망인 실비아 데이비스와 그녀의 네 아들을 만난다. 아이가 없는 제임스는 아이들에게 빠져들고, 아이들 역시 제임스를 점점 좋아하게 된다. 제임스는 마술을 하고, 이야기를 들려주고, 우스꽝스러운 변장을 하고, 함께 해적 놀이를 하며 아이들과 동심의 나날을 보낸다.

실비아를 포함한 그의 네 아들과 가족처럼 지내던 제임스 배리는 실비아의 병이 깊어 가는 것을 직감하고 작품의 완성을 서둔다.「피터 팬」공연은 대성공을 거두지만 실비아는 이 공연장에 가지 못했고, 이 성공을 계기로 제임스 배리는 명성과 함께 사교계의 명사가 된다.

실비아를 위해 집에서 공연하는 무대가 총천연색의 네버랜드로 확장되고 실비아가 천사처럼 가족을 등지고 네버랜드 속으로 걸어들어는 모습에서 죽음을 초월하고 인간사의 모든 슬픔을 위로하려는 제임스 배리의 의도를 읽을 수 있다.

어른들이「피터 팬」이야기에 열광하는 이유는 다음과 같은 역설적인 전제에서 접근할 때에 분명해질 것 같다.

현대를 살아가는 어른들은 풍요롭고 윤택한 삶을 누리고 있지만 그들은 너무 빨리 성장했고, 오래 전에 꿈을 상실했기 때문이라는 전제.

어른들도 꿈에 목마르기는 어린이들과 다를 게 없다.

나도 내가 이렇게까지 망가질 줄 몰랐다. 외손주와 외손녀의 요구와 명령이 떨어지기만 하면 지체 없이 강아지가 되고 고양이도 되고, 들어본 적도 없는 바다표범 울음소리를 내야한다. 녀석들이 등에 올라타면 말처럼 뛰면서 '힝이잉'을 연발해야 한다. 때로는 고단한 몸을 미끄럼틀로 내주기도 하고, 말뚝처럼 멈춰 서서 정글짐이 되고, 팔을 벌려 그네가 되기도 한다. '007 빵'하고 외치면 비명을 지르고 쓰러져야 하고, 실로폰 채로 머리를 얻어맞으면 비명 대신 '딩동댕' 소리를 내야

한다. 이러다가는 머지않아 순직(?)할지도 모르겠지만 녀석들이 즐겁다면 목숨 바쳐 충성을 다할 것이다. 이제 더 망가질 것도 없다.

피터가 '그건 그냥 연극일 뿐'이라고 했듯이 녀석들이 자라서 내 모든 행동을 눈치 채고 가짜라고, 뻥이라고 하는 날까지 녀석들을 위해 네버랜드를 만들고 즐거운 광대생활을 이어갈 것이다.

애들아 가자, 네버랜드로!

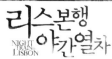

리스본행 야간열차 Night Train to Lisbon, 2013

감독: 빌 어거스트

출연: 제레미 아이언스, 멜라니 로랑, 잭 휴스턴, 마르티나 게덱,
크리스토퍼 리 외

(전략)

그로부터 18년 오랜만에
우리는 모두 무엇인가가 되어
혁명이 두려운 기성세대가 되어
넥타이를 매고 다시 모였다
회비를 만 원씩 걷고
처자식들의 안부를 나누고
월급이 얼마인가 서로 물었다
치솟는 물가를 걱정하며
즐겁게 세상을 개탄하고
익숙하게 목소리를 낮추어
떠도는 이야기를 주고받았다

(중략)

부끄럽지 않은가
부끄럽지 않은가
바람의 속삭임 귓전으로 흘리며
우리는 짐짓 중년기의 건강을 이야기하고
또 한 발짝 깊숙이 늪으로 발을 옮겼다

　　　　　- 김광규, 「희미한 옛사랑의 그림자」 중에서

희미한 옛사랑의 그림자를 반추하다

때로는 한 편의 영화가 내 안에 파문을 일으키기도 한다. 「젊은이의 양지」를 비롯해서 「카사블랑카」, 「필라델피아」, 「4개월, 3주 그리고 2일」, 「타인의 삶」, 「파 프롬 헤븐」, 「앵무새 죽이기」, 「디어 헌터」, 「에덴의 동쪽」, 「리스본행 야간열차」 등이 그랬다. 후유증이라고나 할까. 파문이 잦아들기 전까지 다른 일에 집중할 수 없을 때가 많았다.

빌 어거스트 감독의 영화 「리스본행 야간열차」의 후유증은 깊고 또 길었다. 감상한 후 스산했던 대학시절의 기억을 소환했고, 김광규 시인의 「희미한 옛사랑의 그림자」를 떠올렸다.

돌이켜보면 나의 대학시절은 암흑기였다. 유신의 칼바람이 몰아치던 혹한기였다. 조작된 민청학년 사건으로 학생들이 줄줄이 구속되고,

또 사형선고를 받았다. 배후 조직으로 지목된 인혁당재건위사건 관련 자들은 사형선고를 받고 스무 시간도 안 돼 처형당했다. 독재의 서슬에 기죽어 비겁한 삶을 강요받던 시절, 대학은 학문의 전당이 아니었다. 그곳은 계절의 순환마저 외면한 동토였다. 할 수 있는 저항이라고는 동맹휴업밖에 할 게 없는 무력함을 잊기 위해 우리는 하루 종일 공을 차다가 지친 몸을 끌고 중앙시장 뒷골목으로 모여들었다. 긴급초치 9호를 조롱하며, 한 집에 아홉 명씩, 마주보고 있는 울산집과 마산집에 둘러앉아 막걸리 잔을 비웠다. 공짜로 내놓는 선짓국 뚝배기 속에서 숟가락을 부딪치며 꺽꺽대다가 잠바때기들의 눈을 피해 잦아드는 목소리로 김민기의 '아침이슬'을 부르고 흩어졌다.

그로부터 40여 년이 흘렀다. 혁명이 두려운 세대가 되어, 권태로운 삶에 익숙해져서 살기 위해 살아가고 있다. 시간을 되돌려 그 시절을 회상하는 것이 두렵다. 아마데우의 삶이 너무 강렬하고 진격해서다.

오랜 세월을 고전문헌학을 강의하며 단조로운 삶을 반복하던 그레고리우스는 폭우가 쏟아지던 어느 날, 우연히 다리 난간에 올라 강으로 투신하려는 여인을 구한다. 여인은 붉은 코트와 한 권의 책, 15분 후에 출발하는 리스본행 열차표를 남긴 채 사라진다. 그레고리우스는 난생 처음 느껴보는 강렬함에 이끌려 의문의 여인과 책의 저자인 '아마데우 데 알메이다 프라두'를 찾아 리스본행 야간열차에 오른다.

이후 영화는 아마데우의 흔적을 추적하는 그레고리우스의 동선을 따라 전개된다. 포르투갈의 카네이션혁명을 배경으로 아마데우, 그리고 그와 운명처럼 엮이어 독재에 맞섰던 조지아·주앙·스테파니아의 삶이 펼쳐진다. 동지로 만났다 연적으로 갈라선 조지, 모진 고문에도 동지들을 보호하기 위해 끝까지 침묵한 주앙, 아마데우와 조지의 마음을 흔들어 놓고 홀연히 떠난 스테파니아. 이들의 열정이 뿜어내는 뜨거운 열기가 사그라진 후에도 잔상은 오래 지속됐다.

아마데우가 발리시오 학교를 졸업하며 학생 대표로 연설 하는 장면은 잊을 수 없다. 독재의 조력자인 아버지 면전에서 아마데우는 '독재가 현실이라면 혁명은 의무다.'라고 외친다. 스승인 성직자들을 앞에 두고 '군대에 맞설 성당의 아름다움과 장엄함이 필요하며, 표현의 억압과 독재자의 쓸모없는 구호에 맞서기 위한 성서의 강력한 말씀이 필요하다'고 일갈한다.

판사인 아마데우 아버지의 일그러진 표정에서 선친 모습을 보았다. 당황한 기색이 역력한 성직자들의 표정에서, 정교분리를 금과옥조로 받들며, 독재자를 위해 은총을 간구하는 이 나라 종교인들의 비겁함을 보았다.

아마데우의 아버지는 앞서 간 아들의 관에 손을 얹고 한순간도 너를 사랑하지 않은 적이 없었다며 아들과 작별한다. 스승이었던 바르톨로메오 신부는 그레고리우스에게 아마데우의 명민함을 귀띔해 준다. 아버지와 스승은 아마데우의 생전에는 드러낼 수 없었던 속내를 내비침으로써 비로소 화해를 청한 것이다.

「리스본행 야간열차」를 감상하면서 '우연'의 힘에 놀랐다. 그레고리우스의 삶을 뒤흔든 계기도, 아마데우 인생의 반전도 모두 우연 때문이었다. 그레고리우스는 우연히 만난 여인을 구한 사건 때문에 리스본행 기차에 올랐고, 아마데우는 리스본의 도살자로 불리던 비밀경찰 멘데즈를 우연히 구한 것이 계기가 되어 레지스탕스를 자원했다.

리스본에 도착한 그레고리우스는 길을 걷다가 자전거와 충돌하는 사고를 당하고, 안경이 망가져서 새 안경을 맞추기 위해 안과를 찾는다. 새 안경은 세상을 보는 그레고리우스의 시선이 달라질 것을 암시하는 오브제다. 안과에서 그레고리우스는 아마데우의 저서 중에서 한 대목을 떠올린다. 꼭 요란한 사건만이 인생의 방향을 바꾸는 결정적 순간이 되는 것은 아니라고, 실제로 운명이 결정되는 드라마틱한 순간은 믿을 수 없을 만큼 사소할 수 있다고, 엄청난 영향력을 발휘하고 삶에 완전히 새로운 빛을 부여하는 경험은 소리 없이 일어난다고 한 대목이다. 마치 우연의 중요성을 웅변하는 듯하다. 살면서 겪는 모든 일상이 필연의 결과만은 아니라고 선언하는 듯하다. 그래서 밀란 쿤데라가 '사랑이 잊을 수 없는 것이 되자면 처음 순간부터 우연들이 사랑 위에 내려앉아 있어야 한다'고 알 듯 말 듯 일갈한 것은 아닐까. 아무튼 그레고리우스가 낯선 여인을 만난 것도, 아마데우가 멘데즈를 살린 것도 우연이다. 하지만 우연이 두 사람에게 초래한 변화는 예상을 초월하는 수준이었다.

우연과 필연의 구분은 과연 있는 걸까. 우연은 변화의 수상한 징조일지도 모른다는 생각이 들면서 자꾸만 의구심이 든다.

4.19 학생혁명 당시 대학교 1학년이었던 김광규 시인은 20년 세월이 흐른 서른아홉에 '희미한 옛사랑의 그림자'를 썼다. 혁명의 현장에서 멀어져 혁명이 두려운 세대가 된 부끄러움을 고해성사하듯 써내려갔을 것이다.

4.19 학생혁명으로부터 꼭 스무 해가 흐른 뒤 5.18 광주민주화운동의 함성이 메아리쳤다. 시위대의 행렬에 발만 들여놓아도 민주투사로 추앙 받았던 행복한 시절에도 나는 짐짓 시위현장을 외면했다. 나는 군복무를 마치고 철든 인간이 돼서 돌아온 복학생이었다. 명철보신을 생활신조로 오로지 교사자격증만을 바라보며 책을 뒤적였다. 「태평천하」의 윤 직원 영감처럼 나만 빼고 다 망하기를 바라는 놀부 심보로 거리를 질주하는 시위대를 향해 건성으로 갈채를 보냈었다.

그로부터 스무 해가 더 지나서 운 좋게 대학에 밥자리를 꿰찼고, 가끔 시국선언에 이름 석 자를 올리며 양심 있는 학자대접을 받았다. '부끄럽지 않은가, 부끄럽지 않은가, 귓전에 속삭이는 바람소리'에도 무신경해졌다. 희미한 옛사랑의 그림자는 이미 사라진지 오래다. 관성으로 책장을 넘기다가 날이 저물면 습관처럼 참새방앗간을 찾고, 동석한 일행들의 대화를 건성으로 귓등으로 흘리며 술잔을 기울이다가 헛놓이는 걸음으로 집을 향하는 반복되는 일상. 묘한 기시감에 심기가 불편하지만 황혼 쪽으로 기운 나이에 이상처럼 정오의 비상을 꿈꿀 수는 없는 노릇이다.

아마데우 데 알메이다 프라두 선생이시여. 그대 앞에만 서면 나는 왜 작아지는 지, 더 늦기 전에 대답해 주시면 안 되겠습니까?

고양이 집사 Our Cat, 2019

감독: 이희섭

출연: 임수정과 고양이 집사들 외

그런데 그렇다면 고양이를 어떻게 대하시겠어요?

우선 여러분의 생각을 급히 바꿔야 해요.

고양이는 개가 아니라고 말하세요.

고양이에 관한 한 가지 규칙이 있다고들 말하죠.

말을 걸어오기 전까진 먼저 말을 걸지 말 것.

나는 그 말에 동의하지 않아요.

당신이 먼저 고양이에게 말을 걸어야 한다고 말이죠.

하지만 언제나 명심하세요. 지나치게 허물이 없으면 고양이가 분개한다는 사실을.

그러니 정중하게 인사하고 모자를 벗은 다음

고양이에게 이런 식으로 말을 거세요.

"오, 고양이!"

- 뮤지컬 『캣츠』 넘버 중에서

조묘문(弔猫文) - 고양이를 애도하다

당연하다고 여기던 일상이 사라지는 경험은 아프다. 또 혼란스럽다. 일상이 모여서 일생이 되거늘 하찮은 일상이 어디 있겠는가. 늘 만나던 대상의 부재는 견디기 힘들다. 평소 무심했던 존재는 부재를 통해 슬며시 모습을 드러내는 법.

아버지와 사별한 후 고향집을 찾을 때마다 가게 문을 나서는 아버지의 환영을 보았다. 낮술에 취해 파라솔 아래서 조는 모습도 어른거렸다. 함께 간 딸아이가 할아버지를 부르며 가게로 뛰어가는 모습을 견딜 수 없어 가게를 서둘러 정리했다. 아버지의 부재가 생전에 서먹했던 아버지의 존재를 소환했다.

장성한 자식들과의 이산은 자연스러운 일일 터. 그럼에도 헤어짐을 받아들이는 데 시간이 필요했다. 딸이 출가한 뒤에도 부스스한 모습으로 걸어 나오는 딸아이의 환영을 보았다. 공연히 방안을 서성이다가 아예 방문을 열어 놓았다. 그러다가 딸 방으로 서재를 옮겼다.

아들이 취업한 후로 비워두었던 아들 방을 책과 자료, DVD 등으로 가득 채웠다. 가끔 아들 침대에 누워 함께 지냈던 날들을 회상하는 즐거움이 쏠쏠했다.

식구가 함께 밥을 먹는 구성원라면 이제 내게 남은 식구는 아내뿐이다. 함께 음식을 나눌 수 있는 아내가 있으니 축복 아닌가. 그저 고맙고 고마울 따름이다.

낮 시간 대부분을 방동리 누거와 농장에서 보내는 여락서재 지킴이의 일상은 단순하다. 닭 모이 주고, 고양이 밥 주고, 뽑고·갈고·뿌리고·심고·거두기를 두어 차례 반복하다 보면 한 해가 간다.

사람들끼리만 대화를 나누는 것은 아니다. 여락서재 주인에게는 방동리의 모든 자연과 사물들이 대화의 상대다. 나무들, 식물들, 고양이와 닭들, 하늘을 나는 새들, 누거를 찾은 낯선 짐승들과 끊임없이 대화를 나눈다.

지난해 여름, 찻소리가 들리면 어김없이 나타나 반기던 까망이가 보이지 않았다. 이틀 후 대문 옆 목수국 아래서 구더기에게 몸을 내준 채 발견됐다. 일상이 무너졌다. 올리브와 뽀빠이를 묻었던 매실나무

아래 묻으면서 눈물을 훔쳤다.

난이, 올리브, 뽀빠이, 까망이를 차례로 보내고 이제 남은 반려동물이라고는 노랑이뿐. 그런 노랑이가 지난여름 화단 꽃숲에 잠자듯이 누워 무지개다리를 건넜다. 토사물을 확인하니 약을 먹은 게 분명했다. 이웃의 소행이 분명하지만 짐작만 할 뿐 항변도 하지 못했다.

노랑이의 만년은 외롭지 않았다. 까망이를 보내고 홀로 지내던 노랑이에게 낯선 방문객이 찾아들고, 만삭이었던 낯선 방문객이 새끼를 다섯 마리나 낳아 졸지에 여락서재는 고양이 놀이터가 됐다. 먹이며 간식을 챙겨주며 녀석들이 노는 모습에 날 저무는 줄 몰랐는데, 이런 내 모습이 이웃 농부에게는 눈엣가시처럼 보였으리라.

녀석들이 나에게는 반려동물이었지만 옆집 농부에게는 유해조수에 불과했다. 이웃 농부의 유혹에 말려들어 만찬(?)을 함께 즐긴 노랑이와 낯선 방문객, 그리고 새끼 두 마리가 한날에 카론의 배를 타고 아케론강을 건넜다. 까망이가 묻힌 옆에 함께 묻었다. 억장이 무너지고 일상이 흐트러졌다. 녀석들을 위해 뭐라도 해야 슬픔에서 헤어날 수 있을 것 같아 조사를 쓰기로 했다. 마음을 진정하고 조선 순조 때 유씨(兪氏) 부인이 지었다는 「조침문」을 패러디해 조사를 쓴다.

유세차 모년 모월 모일에 묘주(猫主) 이 씨는 몇 자 글로써 너희 망묘(亡猫)들에게 고(告)하노니, 인간에게 행복 주는 반려동물 가운데 으뜸이 고양인데, 이 세상 중생들이 귀하게 여기지 않는 것은 너희에 대한 오해와 이기심 때문이라. 뭇짐승 중 하나에 불과하나 내가 너희 죽음을 슬퍼하는 것은 너희와 맺은 인연이 남달라 감회가 크기 때문이다. 아 슬프도다. 안타깝고 황망하도다. 너희를 만나 고락을 함께 한 세월이 어언 열세 성상을 넘겼으니 어찌 정이 도탑지 않으리오 슬프고, 슬프도다. 슬픔을 가눌 길 없지만 잠시 눈물을 멈추고 마음을 겨우 진정하여 너희의 행장(行狀)과 나의 회포를 총총히 적어 영결(永訣)하노라.

  십수 년 전 내 큰아이 타지서 공부할 때, 타향살이 외롭고 마음이 적적하여 길고양이 두 마리를 데려다 길렀으니 그들이 너희라. 학업을 마치고 고향으로 돌아올 제 쌓은 정을 불승(不勝)하여 불원천리 동행하니 여락서재(餘樂書齋) 주인과 인연이 닿았더라. 둥지 옮긴 너희는 불안한 눈길로 이리저리 누거를 조심스레 살피더니, 대청 아래 몸을 숨겨 새 주인을 경계했네. 낯가림이 우심(尤甚)하여 한사코 외면 터니, 홀연히 집을 나가 내 속을 태웠노라. 세월이 흘러감에 눈길을 마주치고, 서로 곁을 내주면서 반려를 꿈꿨는데, 느닷없는 횡액에 유명을 달리하니 애간장이 끊어지고 기가 막혀 죽겠노라.

  여락서재 너른 울안 적막감만 감도노니 도리 없이 외로움을 운명처럼 삭였더라. 너희 만나 유복하니 날마다 미소 짓고 세상 시름 홀홀 털고 인생지락 누렸도다. 뜬금없는 횡액으로 너희를 영결하니, 정신이 혼몽하고 슬픔이 가없노라.

  원통하다 묘자(猫子)들아, 그립도다 망묘들아. 애교가 넘쳐나고 재주가 뛰어나니 오고가는 길손들이 너를 반겨 웃었노라. 울안 경계

도맡아서 사생(蛇生) 서생(鼠生) 물리치고 주인에게 꼬리치며 승전보를 알렸도다. 비호같은 몸놀림과 불을 뿜는 안광 앞에 대적할 자 그 누구며 당할 무리 뉘 있더냐. 유연하고 날랜 동작 신출귀몰 하였더니, 이제는 이승에서 다시 볼 날 기약 없네. 종적을 모르니 오작교도 소용없고, 사무치는 그리움만 켜켜이 쌓이누나.

오호통재라! 홍진에 중생들이 아옹다옹 다툴 적에 나와 너희 한데 얼려 다정하게 지냈어라. 마당을 구르고 둑방 길을 달릴 때에 물까치 떼 무리지어 사방팔방 흩어지고. 우리가 한데 얼려 자연을 완롱할 제, 세월은 쉬지 않고 인연을 교직(交織)했네. 동아줄로 묶인 인연 천년만년 해로하여 한날한시 이승 하직 당연할 줄 알았노라. 개똥밭에 굴러도 이승이 좋다던데 무슨 허물 보았기에 서둘러 떠나는가. 아무리 궁리해도 까닭은 미궁이라 귀신의 시샘이요 악귀의 저주로다.

알콩달콩 한데 얼려 백년동거(百年同居)하렸더니, 이승에서 맺은 인연 무심 간에 끊어졌네. 주검을 끌어안고 울어본들 소용없고 정신이 아득하고 혼백(魂魄)이 산란 (散亂)하다. 여명부터 이슥토록 기색혼절 (氣塞昏絶) 하였다가 정신을 수습하니 속절없고 하릴없다. 편작의 신술로도 회생이 불가하니 내세에서 다시 만나 더 큰 사랑 이루리라.

오호통재라! 무죄(無罪)한 너희 죽음 모두가 내 탓이라. 누구를 한 (恨)하며 누구를 원망하랴. 생전의 너희 모습 눈 속에 삼삼하고, 다정한 울음소리 귓전을 감도누나. 후세(後世)에 다시 만나 동거지정(同居之情) 다시 이어, 백년고락(百年苦樂) 일시생사(一時生死) 한가지로 바라노라.

2008년 샤롯데씨어터에서 뮤지컬 「캣츠」를 관람했을 때 감동을 잊을 수 없다. 의묘화(擬猫化)를 통해 고양이의 눈으로 인간세상을 비튼 어른들을 위한 우화 「캣츠」. 고양이는 개가 아니라는 당연한 진술에 담긴 함의를 터득할 때쯤 나는 스스로 내 안에 잠재된 '냥이빠'의 자질을 발견했다. 까망이와 노랑이를 만난 후로 애완동물보다는 반려동물이 더 동등한 용어임을 알았다.

고양이를 소재로 제작한 다큐멘터리 영화 조은성 감독의 「나는 고양이로소이다」와 이희섭 감독의 「고양이 집사」는 인간의 눈이 아닌 고양이의 눈으로 공존의 가능성을 타진하고 있다. "매서운 추위와 세상을 하얗게 뒤덮는 차가운 눈. 견디기 힘든 고통의 계절, 겨울. 우리의 삶은 수난과 고통의 연속이었으며 그 어디에도 편히 쉴 곳은 보이지 않습니다. 차가운 도시의 겨울 밤, 어둡고 좁은 뒷골목에서 숨죽이며 살아가는 나는 길고양이입니다"라는 「나는 고양이로소이다」의 내레이션처럼 길고양이 삶은 수난과 고통의 연속이다.

인간과 고양이의 행복한 공존을 위해 캣맘이나 캣대디를 자처한 바이올린 가게 주인, 중국집 사장님, 주민 센터 직원들, 청사포 마을 청년 사업가 등 행복한 집사들의 소망은 고양이뿐만 아니라 수많은 생명체와 인간이 더불어 사는 세상이 아닐까.

고양이들을 애도하며 사람과 동물들이 공존할 수 있는 세상을 염원해 본다.

돈키호테 맨 오브 라만차 Don Quixote: The Ingenious
Gentleman of La Mancha, 2015
감독: 데이빗 베이어, 데니브 도시, 마힌 이브라힘, 오스틴 콜로드
니, 윌 로웰, 드루 메츠, 브랜든 소모할더 외
출연: 카르멘 아르겐지아노, 제임스 프랭코, 루이스 구즈만, 호라
티오 산즈 외

"미처 돌아가는 이 세상에서 가장 미친 짓은 현실에 안주하고 꿈을 포기하는 것!"

"이기고 지는 것은 중요하지 않습니다. 오직 나에게 주어진 길을 따라 가는 것이 중요합니다."

『돈키호테』 완독 도전기

　변변한 직장을 구하지 못하고 전전하던 40대 중반, 암울한 현실을 한방에 날릴 야심찬 도전을 감행했었다.

　그 무렵 신문사나 유명 작가를 기리는 기념사업회와 같은 단체에서 거액의 상금을 내걸고 소설을 공모했다. 문필 활동이라고는 지역의 일간지나 대학신문 등에 잡문을 발표하는 정도가 전부였던 내가 소설 공모에 야심차게 도전한 까닭은 오로지 하나, 돈 때문이었다. 돈 없는 설움을 한방에 날리고 싶었다. 아내에게 기쁨을 주고 싶었다.

　공연히 밤을 새며 머리를 쥐어짰지만 끝맺은 작품이 손꼽을 정도였다. 겨우 완성한 초고 수준의 작품을 보내놓고 염치도 없이 은근히 좋은 소식을 기대했었다. 꿈은 이루어지지 않았다. 당연한 결과임에도 허탈했다. 소득이 있었다면 소설은 쉽게 쓸 수 있는 게 아니라는 것을 깨달은 점이다.

 그 후로도 소설 공모가 아니라, 소설쓰기에 계속 도전했지만 결과는 보잘 것 없었다. 내로라하는 작가들이 쓴 소설 작법도 공부하고, 습작도 꾸준히 했지만 만족할 만한 작품을 쓰지 못했다.

 체계적인 소설 읽기가 좋은 소설을 쓰는 지름길이겠다는 생각에 국·내외 유명 작가들의 작품 목록을 작성하고 열심히 읽었다. 빨리 읽어치워야겠다는 강박감이 꼼꼼히 읽는 것을 방해했지만 중·고등학교 교과서에 수록된 소설 작품 정도는 거의 완독을 했다. 무슨 이유에서인지 미겔 데 세르반테스 사아베드라의 『돈키호테』는 끝까지 읽지 못했다.

 우연히 원작소설 탄생 4백 주년을 기념하여 제작된 데이빗 베이어 외 여러 명의 감독이 함께 만든 영화 「돈키호테 맨 오브 라만차」를 감상하고 나서 소설 『돈키호테』 완독에 다시 도전했다.

 세계에서 성경 다음으로 외국어로 가장 많이 번역됐다는 『돈키호테』인지라 국내 번역본도 여럿이었다. 그중에서 돈키호테 연구의 권위자로 인정받고 있는 안영옥 교수가 번역한 책을 선정해서 읽기 시작했다.

 몇 차례 중단하기도 했었지만, 1·2권 합쳐 천칠백여 쪽을 보름 만에 독파했다. 마지막 장을 덮을 즈음에는 어렸을 때 읽었던 동화책의 이미지에 갇혀있던 '돈키호테'가 아니라, 풍자의 달인 '돈키호테'를 만난 행운에 보람을 느꼈다.

 사람들이 돈키호테를 고유명사가 아니라 '풍차에 돌격하는 정신이 온전하지 못한 사람, 현실을 무시하고 공상에 빠져 사는 사람, 물불을 안 가리고 불가능에 도전하는 무모한 사람'을 일컫는 보통명사처럼 사용하는 것은『돈키호테』를 오독(誤讀)한 결과임을 알았다.

『돈키호테』가 출판되었던 당시 스페인에서는 종교재판이 횡행하고 사상이 통제될 때였다. '풍자와 역설'로 비틀지 않고서는 사회에 대한 비판이나 정의를 주창할 수 없는 엄혹한 시절이었다. 돈키호테를 풍차를 향해 돌진하는 시대착오적인 인물로만 여긴다면, 그것이야말로 시대착오적인 해석이다. 돈키호테는 풍자를 통해 정치권력과 종교권력을 비판하고, 가난하고 소외된 사람을 돕는 정의로운 인물이며 따뜻한 심성과 절대적인 의지로 사회 정의를 실천하는 진정한 기사였다.

산초가 바라타리아 섬의 통치가 된다는 소식을 들은 돈키호테가 산초에게 조언한다. '미덕을 중용으로 생각하고 후덕한 행동을 자랑으로 삼아라. 가난한 사람의 눈물에 더 많은 동정심을 가져라. 따뜻한 마음을 지닌 재판관이 되라. 죄 지은 자를 모욕하지 마라. 탐식과 과음을 하지 말고 가난한 사람들 앞에서 트림하지 마라. 뇌물에 휘둘리지 말고 자비로 정의를 실천하라'고.

정신이 이상한 인물이 할 수 있는 충고가 아니다. 다산의『목민심서』를 떠올리게 하는 대목으로, 시공을 뛰어 넘어 모든 위정자들이 마음에 담아야 할 덕목들이다.

2백년 넘게 주목받지 못했던『돈키호테』가 독일의 낭만주의자들에 의해 재평가를 받은 것은 다행스런 일이다. 실러(Friedrich von Schiller)

는 돈키호테를 영웅적이고 매혹적인 인물 유형으로 이상에 헌신하는 영원한 정신의 소유자로 해석했다.

러시아 소설가 투르게네프(Ivan Turgenev)는 논문 「햄릿과 돈키호테」에서 햄릿과 돈키호테를 비교 분석하면서 흥미로운 견해를 피력했다. 투르게네프는 '돈키호테는 신념이 강하고, 자기희생적이고 행동력이 있는 인물'인 반면, '햄릿은 믿음이 부족한 회의적인 인물이며 이기적이고 행동력이 결여된 인물'로 구분했다. 이어 돈키호테 같은 인물은 대중으로부터 조롱을 당하지만 이를 잘 극복해내고 타인을 위해 봉사함으로써 결국은 신뢰를 받지만, 햄릿형 인간은 늘 자신의 일로 고민하고 사회성이 결여돼 인류를 위해 아무런 공헌을 하지 못할 것이라고 결론 내렸다.

벤처 열풍이 한창일 때 기업운영 전략을 모색하는 과정에서 돈키호테형 인물의 중요성이 강조된 점 또한 흥미롭다. 급변하는 기업 환경 속에서 이것저것 재다보면 시장을 선점하기 어렵기 때문에 일단 부딪히고 보는 것이 바람직하다는 인식이 확산되면서 강한 추진력을 지닌 인물이 환영 받았다. 돈키호테의 시대가 도래한 것이다. 하기는 궁리만 하다가 시기를 놓치는 것보다 불확실성 속으로 과감하게 뛰어들어 시행착오를 거치면서 부족한 점을 보완해 나가는 것이 바람직할 법도 하다.

『돈키호테』 완독에 도전하면서 돈키호테의 창작론을, 엄밀하게 말하면 작가인 세르반테스의 창작론이겠지만, 만날 수 있었던 것은 여분의 행운이었다.

장광설을 늘어놓는 산초에게 돈키호테는 '이야기를 두 번씩 되풀이해서 하다가는 이틀이 걸려도 다 끝내지 못할 거'라면서, '길어서 좋을 건 하나도 없으니 짧게 할 것'을 주문한다. 수식어가 많고 중언부언하는 문체의 문제점을 지적한 것으로 문장을 짧고 간결하게 쓰라는 의미로 다가왔다. 로버트 레드포드 감독의 「흐르는 강물처럼」에서 목사인 아버지 리버런드 맥클레인이 아들 노먼의 작문을 지도하면서 '반으로 요약하거라', '다시 반으로 요약하거라'라고 요구하던 장면이 떠올랐다.

35장 「당치않은 호기심을 가진 자에 대한 이야기」와 47장 「마법에 걸린 돈키호테 데 라만차가 끌려가는 이상한 방식과 다른 유명한 일들에 대하여」에서 작가는 신부의 입을 빌어서 안셀모의 황당한 실험을 비판하면서 개연성의 문제를 지적하고, 동시에 허구의 본질을 설명하고 있다. 또 작가가 기사소설의 폐단을 우려하는 교단 회원의 입을 빌어서 '거짓도 진실로 보이면 보일수록 좋고, 그 가능성이 의심스러운 것보다 그럴 듯해 보이는 것일수록 더 재밌다'고 한 것은 탁견이 아닐 수 없다.

기사소설 중에는 '중간이 처음과 상응하지 않고, 끝이 처음이나 중간과 연결되지도 않아서 상반신은 사자, 하반신은 염소, 꼬리는 용으로 이루어진 괴물 키메라(Quimera)와 같은 이야기'가 많다고 비판하면서 플롯의 중요성을 강조한 것도 인상적이었다.

48장 「교단 회원이 기사소설과 그의 지혜에 합당한 다른 문제들에 대해 계속 이야기 하다」는 소설이기보다는 예술론이라고 하는 것이 더 맞을 것 같다.

이 장에서 교단 회원은 독자보다는 작가의 책임이 무거움을 역설하고, 예술의 사회적 역할을 강조한다. 주례사 비평의 폐단을 지적하고, 자본에 예속된 매문행위에 대해서도 비판의 날을 세웠다. 현금의 우리 문화 예술계도 이러한 비판에서 자유롭지 못할 것 같다.

세계적인 대문호들이 '근대 소설의 효시', '자신의 근원을 발견한 작품', '세계에서 가장 숭고하고 박진감 넘치는 소설', '『돈키호테』 이후에 쓰인 소설은 『돈키호테』를 다시 쓴 것이거나 그 일부를 쓴 것', '인류의 바이블' 운운하며 『돈키호테』를 높이 평가한 까닭을 비로소 알 것 같다.

'불광불급(不狂不及)'이다. 풀이하자면 '미치지 않으면 미치지 못한다', '미쳐야 미친다' 정도이리라.

찬바람이 부니 슬슬 지병이 도지는가 보다. 신춘문예 공모 기사에 눈이 간다. 꿈과 이상을 간직하고 끊임없이 도전했던 돈키호테처럼 다시 도전하고 싶다. 더 늦기 전에 반드시 소설가가 되겠다는 신념으로 신춘문예라는 풍차를 향해 돌진해야겠다.

꿈은 이루어진다. 그래, 제대로 미쳐보자.

그꿈, 이룰 수 없어도
싸움, 이길 수 없어도
슬픔, 견딜 수 없다 해도
길은 험하고 험해도

정의를 위해 싸우리라
사랑을 믿고 따르리라
잡을 수 없는 별일지라도
힘껏 팔을 뻗으리라

이게 나의 가는 길이요
희망조차 없고 또 멀지라도
멈추지 않고, 돌아보지 않고
오직 나에게 주어진 이 길을 따르리라

내가 영광의 이 길을 진실로 따라가면
죽음이 나를 덮쳐와도 평화롭게 되리

세상은 밝게 빛나리라
이 한 몸 찢기고 상해도
마지막 힘이 다할 때까지
가네, 저 별을 향하여

　　　- 뮤지컬 「맨 오브 라만차」 넘버 '이룰 수 없는 꿈'

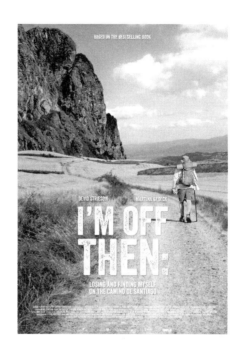

나의 산티아고 I'm Off Then, 2015

감독: 줄리아 폰 하인츠 Julia von Heinz

출연: 데이비드 스트리에소브, 마르티나 게덱, 카롤니네 슈흐 외

"깨달음을 얻고자 한다면 최악의 상황을 견뎌야 한다. 깨달음의 새벽 전 깊은 어둠을 통과해야 하는 것처럼, 우리는 반드시 각자의 밤을 걸어가야 한다."

"카미노를 걸을 수 없는 이들에게 말하고 싶다. 이 길은 무한한 가능성 중 하나일 뿐이라고. 이 길은 하나가 아니라 수천 개가 있다고. 하지만 누구든 순례 길의 질문은 같다. '나는 누구인가?'다."

- 영화「나의 산티아고」하페의 메모 중에서

걷기예찬

한때 산티아고 순례 열풍이 뜨거웠었다. 바르셀로나나 마드리드로 바로 가는 비행기 표를 구할 수 없을 정도였다.

2010년 네덜란드 암스테르담으로 출장 갈 일이 있어 네덜란드 국적기를 이용했었다. 기내는 등산복 차림의 승객들로 붐볐다. 승무원에게 물으니 산티아고로 순례를 가는 사람들이라며, 스페인으로 바로 가는 표를 구하지 못해서 네덜란드를 경유해서 가는 중이라고 부연했다.

산티아고는 스페인의 수호성인인 야고보의 무덤이 있는 산티아고 데 콤포스텔라 대성당으로 유명한 명소다. 가톨릭 왕국들이 이베리아반도에서 이슬람 세력을 몰아낸 레콩키스타가 시작된 가톨릭 성지다. 파울로 코엘료가 산티아고 순례 길을 걸은 후에 발표한 『연금술사』가 세계적인 베스트셀러가 되면서 산티아고는 유명해졌다.

우리나라 사람들이 산티아고 순례길에 관심을 갖게 된 것은 2천 년대 초반 모 여성작가가 산티아고 기행문을 출판하면서부터다. 이를 계기로 걷기 붐이 일면서 제주도 올레길을 비롯해서 전국에는 수많은 걷기 코스가 생겨났다. 북한산 둘레길·한양 도성길·지리산 둘레길·해 파랑길·금강소나무길·소백산 자락길·강화 나들길 등 없는 곳이 없을 정도로 많은 걷기 코스가 만들어졌다. 내가 살고 있는 춘천에도 봄내길 이 조성되었고, 호수를 이용한 물레길, 자전거길인 북한강 자전거길 등 새로운 길들을 계속 만들고 있다.

시민들의 건강을 위한 시설을 만드는 것은 권장할 일이다. 다만 지나친 것이 문제다. 우선 너무 많다. 다중이 이용하는 시설인 만큼 사고 위험이 없고 이용하기 편리해야겠지만 지나치게 많은 예산을 들이는 것도 문제다. 걷는 길은 교행만 가능하면 충분하다. 굳이 찻길처 럼 넓게 만들 필요가 없다. 굽은 곳은 굽은 대로 길을 내고, 계곡은 내리막길과 오르막길을 만들어 오르내릴 수 있게 만들면 된다. 조금 불편하고 힘들어야 걷는 보람도 느낄 수 있고 건강에도 좋은 텐데 굳이 산을 깎고 다리를 만들면서 자연을 훼손해야 하는지 모르겠다. 그로 인한 환경오염도 심각하다. 물길이나 산길은 도심의 공원길과 달라야 걷는 재미와 운치도 느낄 수 있는 법이다. 과유불급이다. 자치단 체의 지나친 경쟁으로 시민들의 건강을 위한 길이 아니라 단체장의 실적 쌓기를 하고 있는 것은 아닌지, 보여주기 위한 길을 만들고 있는 것은 아닌가 하는 의구심이 든다. 길은 길일 뿐, 유원지의 위락시설이 아니다. 걷기 위한 길은 약간의 불편함을 감수하면 누구나 걸을 수 있을 정도면 된다.

한때 나는 산티아고 순례길을 아내와 함께 꼭 완주하겠다고 다짐했었다. 일에 치이고 형편이 여의치 않아 실행에 옮기지 못했다. 꿈을 접은 것은 아니지만, 이제 간다고 해도 건강이 예전 같지 않아 완주는 힘들 것 같다. 인터넷 검색도 하고 산티아고 관련 서적도 구해 탐독하고, 순례 관련 영화도 구해서 감상하던 때가 새삼 그립다.

그때 감상했던 영화 중에 에밀리오 에스테베즈 감독의 「더 웨이 The Way」와 줄리아 폰 하인츠 감독의 「나의 산티아고 I'm Off Then」가 기억에 남는다.

「더 웨이」는 안과 의사인 아버지가, 산티아고 순례를 하다가 조난을 당해 사망한 큰아들 유해를 수습하기 위해 사고 현장에 갔다가, 아들이 남긴 배낭을 메고 산티아고 순례길을 걷는다는 내용이다. 감상하는 내내 배낭에 부착된 욱일승천기 때문에 마음이 불편했지만 순례의 의미를 반추할 수 있어서 좋았다.

「나의 산티아고」는 독일의 유명한 코미디언 하페 케르켈링이 쓴 여행 에세이 『그 길에서 나를 만나다 - 나의 야고보길 여행』을 바탕으로 제작한 영화다. 주인공 하페는 과로로 쓰러진 것을 계기로 스페인 산티아고로 순례를 떠난다.

하페의 순례는 흔히 우리가 생각하는 순례와는 다르다. 걷다가 피곤하면 차로 이동하고, 좋은 음식 먹고 술도 마시고, 힘들면 게으름을 피우고, 때로는 호텔에서 묵으면서 하는 여행 같은 순례다. 하페의 순례는 종교적인 순례, 경건하고 힘이 부쩍 들어간 순례, 속죄를 위한 순례, 고행으로서의 순례와는 다르다.

하지만 순례 길에서 건져 올린 하페의 생각만큼은 순백이다. 하페에게 산티아고 순례는 목표가 아니다. 하페의 순례는 자신의 정체성, 신의 존재, 행복의 의미, 깨달음의 의미 등에 대한 고민과 탐색을 통해 목표를 확인하는 도정이다.

하페는 말한다, 이 길은 깨달음의 길라고 하지만 깨달음은 늘 보장되는 것은 아니라고. 깨달음이란 반드시 통과해야 할 문이며 두려워하거나 열망해서도 안 되며, 한 걸음씩 걷다보면 어느새 지나가게 된다고.

하페는 또 말한다, 내 순례는 매일 새로 시작되고, 여행을 떠나는 게 아니라 수많은 작은 여행을 이어 나가는 것이며, 길에서 만나는 건 오직 나 자신뿐이라고.

하페는, 많은 사람들이 답을 찾기 위해 산티아고 길을 걷지만, 자신은 먼저 질문을 찾는 것으로 순례를 시작한다고 말한다. 답보다 질문을 찾는 길이 순례다. 순례는 성찰의 도정이다.

니체는 '위대한 모든 생각은 걷기로부터 나온다.'고 했다. 질병으로 시달렸던 니체는 걸음으로써 끝없이 사유하고, 건강을 유지할 수 있었다고 한다.

세계에서 가장 많이 팔린 산티아고 순례길 가이드북의 저자인 존 브리얼리는 순례길 위에 서 있을 때 우리는 내면의 깊이를 확장시킬 수 있으며, 속세에서 벗어나 존재의 근원으로 돌아가게 된다고 했다.

하페의 생각도 이들의 생각과 다르지 않다.

딸과 사별하고, 슬픔을 극복하기 위해 산티아고 순례 길에 오른 스텔라는 동행을 청하는 하페에게 '목표에 도달하려면 혼자 가야 한다'며 거절한다. 매정하게 들릴 수도 있지만, 상대방이 자신에게 집중하도록 배려한 것임을 알 수 있다. 동행은 순례와 같은 걷기에서는 때로 길을 잃게 하는 요인이 되기도 한다. 반려가 아니라 짐이 되기도 하는 것이 동행이다.

제주도로 동료들과 연수를 갔을 때다. 숙소 인근에 경관이 뛰어난 올레길 코스가 있다고 해서 새벽에 찾아 나섰다. 이른 시간임에도 사람들로 붐볐다. 길이 좁아지는 곳에서는 여러 차례 마주 오는 사람이 지나갈 때까지 기다려야 했다. 니체처럼 '위대한 생각'을 건지거나 존 브리얼리처럼 '근원의 존재'를 탐색하며 걷기는 기대할 수 없었다. 어깨를 부딪치면서 걷는 것보다 혼자서 호젓하게 걸어야 목표에 다가갈 수 있으리라.

산티아고 순례 길에서 한국사람 이름을 부르면 두세 사람 정도는 반드시 돌아본단다. 그만큼 우리나라 순례객이 많다는 것이리라. 아내와 함께 산티아고 길을 걷는 꿈이 이루어진다면 묵언수행 하듯이 걷고 싶다.

입은 재앙의 문이요 혀는 몸을 베는 칼이라는데 그동안 불필요한 말과 거친 말을 쏟아내며 산 건 아닌지 모르겠다. 평생 할 수 있는 말의 양을 총량제로 제한한다면 내게 남은 말은 이미 고갈됐을 것 같다. 걱정하지 않는다. 다정한 사이라고 할 수는 없지만 마흔 성상을 함께 지낸 아내와 나는 눈빛만 봐도 아는 사이, 척 보면 아는 사이라 말이 필요 없을 테니까.

출발 전에 아내의 배낭을 챙기고, 숙소에 도착해서 아내의 발과 다리를 주물러주는 상상만으로도 이미 나는 산티아고 길 위에 서있다. 기어이 꿈을 이루고 말리라. 산티아고, 기다려!

히로시마 내 사랑 Hiroshima, My Love, 1959

감독: 알랭 레네 Alain Resnais

출연: 엠마누엘 리바, 오카다 에이지 외

루이: "당신은 히로시마에서 아무것도 보지 못했어."

엘르: "나는 히로시마에서 모든 것을 보았어요."

만천리 비사(秘事) 2 - 막내고모 생각

유신의 음습한 기운이 드리웠던 70년대 초 세간에 이름을 알리기 시작했던 모 가수가 부른 노래 중에 '세월이 약이겠지요'가 유행했었다. 그 가수의 활동은 뜸해졌지만 아직도 이 곡은 노래방에서 나이 지긋한 아저씨들의 애창곡으로 사랑 받고 있다.

가사 내용은 대중가요의 가사들이 그런 것처럼 평범하고 통속적이다. 가사는 오랜 세월 무명가수로 고단한 삶을 살았던 자신의 처지를 담아 그 가수가 직접 썼다고 한다. 사랑의 슬픔도 상처의 아픔도 세월이 지나면 다 잊히게 마련이니 괴롭다 하지 말고 울지도 말란다.

70년대는 독재타도를 외치는 대학생들의 시위와 노동자들의 농성과 분신이 이어지고, 국회에서는 제1 야당 총재가 제명 당하던 암울했던 시절이 아니었던가. 그 시절 온전한 정신 가지고 세상 돌아가는 꼴을 지켜보며 기억하는 일은 곧 고행이었을 것이다. 그 무렵은 세월이 약인 시절이었다.

그래서였을까. 몇몇 평론가들은 '세월이 약이겠지요'를 좌절과 실의에 빠진 국민들을 위로하고 희망을 주는 노래라고 추켜세웠다. 약발을 받은 건지는 모르겠으나, 그는 '해 뜰 날'을 발표하면서 무명의 설움을 한방에 날려버렸다. 그뿐 아니다. 당시 가요계를 양분하고 있던 남진과 나훈아를 밀어내고 연말 지상파방송의 가요대상을 휩쓸었다. 서러움도 슬픔도 모두 날리고 '쨍하고 해 뜰 날'의 주인공으로 우뚝 섰다.

'망각은 신의 축복'이라는 말이 있다. 살다보면 좋은 기억도 있겠지만 나쁜 기억도 있게 마련이다. 사랑하는 사람과의 이별, 가족이나 가까운 사람과의 사별, 창피를 당한 경험, 심한 좌절의 경험, 모욕을 당한 경험, 부끄러웠던 일 등 기억하고 싶지 않은 일들도 많다. 이런 일들을 잊지 못하고 살아간다면 행복하게 살 수 없을 것이다.

몸에 난 상처가 시간이 지나면서 아물 듯이, 정신적인 상처도 망각을 통해 치유할 수 있다. 그렇다. 망각은 축복이다.

반면에 세월이 흘러도 잊히지 않는, 잊을 수 없는 기억도 있다. 반면에 잊어서는 안 될 기억도 있다. 망각이 오히려 부끄럽고 두려운 기억들, 세월의 더께로 덮을 수 없는 기억들도 있다. 개인사에도 물론 있겠지만 세월호 참사나 이태원 참사와 같이 사회적 이슈가 된 사건에 대한 기억들이 그것이다.

사람들이 해마다 추모행사를 여는 것은 불행하게 세상을 떠난 이들의 명복을 빌고 애도하기 위해서지만, 망각에 대한 조바심 때문이기도 하다. 망각보다는 기억을 붙드는 일이 더 인간적이고 윤리적임을 알기 때문이다. 이들은 세월이 약이 아니라 독이 될까 노심초사한다. 이들에게는 애도를 서둘러 끝내고 일상으로 복귀할 것을 재촉하는 프로이트보다 '애도의 실패'를 은근히 바라는 데리다가 더 가슴에 와 닿을 것이다.

망각은 영원한 잊힘일까. 자신할 수는 없지만 아닌 것 같다. 무의식의 심연에 가라앉아 까맣게 잊혔던 기억도 어떤 계기를 만나면 다시 수면으로 부상한다. 그것도 더 많은 소회와 회한을 대동하고 선명하게 회귀한다.

알랭 레네 감독의 「히로시마 내 사랑」을 보다가 잊었던, 아니 잊은 척 했던 막내고모에 대한 기억을 소환했다.

영화 「평화」를 찍기 위해 히로시마에 온 프랑스 여배우 엘르가 건축가인 일본인 남자 루이를 만나 이틀 동안 사랑을 나누는 이야기인 「히로시마 내 사랑」은 관습적인 선형적 서사에서 벗어나 '의식의 흐름'이라는 기법을 도입한 분절적인 영화서사로 주목을 받았다.

주인공 여배우 엘르는 프랑스의 시골마을 느베르에서 태어나서 자랐고, 2차 세계대전 당시 프랑스를 지배했던 독일 병사를 만나 사랑에 빠졌다. 조국과 공동체를 배반한 금지된 사랑의 대가는 가혹했다. 전세가 기울어 독일이 패주할 무렵 독일 병사는 마을사람들에게 처형당하고, 그녀는 분노한 사람들에게 삭발을 당했다. 그런 딸이 부끄러워 아버지는 딸을 지하에 감금했다. 전쟁이 끝날 무렵 쫓겨나다시피 파리에 온 그녀는 히로시마에 원자폭탄이 투하됐다는 소식을 접한다.

10여 년 후, 배우가 된 엘르는 영화 촬영을 위해 히로시마로 로케이션을 떠난다. 히로시마에서 원폭 피폭으로 가족을 모두 잃은 일본인 건축가 루이를 만나 이틀간의 짧은 사랑을 나누지만 매 순간 그녀의 의식은 옛사랑에 대한 기억을 향한다. 그녀에게 남자는 독일 병사이고, 히로시마는 비극적인 첫사랑의 공간인 느베르였다.

서로 '당신은 히로시마', '당신은 느베르'라며 영화가 끝날 때 여운이 지금도 선명하다.

막내고모는 집안에서뿐만 아니라 동네에서 유일하게 고등학교에 다니는 재원이었다. 빵공장이나 제사공장에서 일하는 또래 친구들은 그런 고모를 부러워했고, 남학생들은 틈나는 대로 고모에게 수작을 걸었다. 가문의 영광 정도는 아니었지만 막내고모는 집안의 자랑이었다.

그런 고모가 어느 날 갑자기 사라졌다. 집 인근 고압 선로공사 현장에서 일하던 전력회사 직원과 눈이 맞아 야반도주를 했다. 망연자실한 집안 어른들은 소문이라도 날까봐 쉬쉬하며 전전긍긍했다. 사건이 나고 나흘 후, 캠프페이지에서 하우스보이로 근무하던 이웃 청년의 제보로 고모의 은신처(?)를 확인한 작은아버지가 한밤중에 고모를 끌고 왔다. 사랑의 도피처로 춘천은 너무 좁았다. 작은아버지가 머리채를

170

휘감았던 손을 풀자 큰아버지가 뺨을 몇 차례 후려갈겼다. 이어 아버지가 나섰다. 간간히 머리를 사정없이 쥐어박으면서 가위로 머리카락을 잘랐다. 그리고는 광에 가두고 요강을 던져 넣었다. 나는 막내고모를 좋아했지만 아버지의 불호령 때문에 감히 광에 다가갈 엄두도 내지 못했다. 시간이 지나면서 간간히 들려오던 울음소리도 잦아들고, 밥과 반찬을 함께 담아 밀어 넣었던 그릇도 비우기 시작했다. 열흘쯤 지나 광에서 풀려나 울타리 안에서의 활동이 용납되고, 막내고모는 학생이 아닌 아낙으로서 차츰 일상을 회복했다.

아무리 입단속을 해도 소문은 막을 수 없는 법. 처음에는 귓속말로 수군대던 동네 사람들이 이제는 대놓고 나발을 불어댔다. 외출에서 돌아온 아버지는 동네 창피해서 못살겠다고 고함을 치며 고모의 뺨을 내갈겼다. 머리에 둘렀던 수건이 떨어지고, 머리카락이 조금씩 자라기 시작한 맨머리를 무릎에 묻은 막내고모는 소리 없이 흐느꼈다. 시간이 더 지나면서 아버지의 매질이 뜸해지고 막내고모는 다시 가족의 일원으로 복귀하는 듯 했다. 밥도 함께 먹으면서 대화도 오갔다. 밥을 함께 먹으면 식구가 아니던가.

그렇게 두어 달이 지난 어느 날 막내고모가 또 자취를 감추었다. 이번에는 꼼꼼하게 가출을, 아니 탈출을 준비한 듯했다. 장롱 맨 아래 이불 속 깊이 손을 찔러 넣었던 어머니는 숨겨뒀던 돈이 없어졌다고 했다. 이후 나는 가끔 몰래 이불 속에 손을 넣어보았지만 돈을 발견하지 못했다. 옷가지며 신발이며 살뜰하게 챙겨 갔다며 어머니는 연신 끌탕을 쳤다. 어른들이 모여 수구회의를 했고, 이후 집안에는 무거운 침묵이

드리웠다. 선로공사장을 찾아가 현장 소장을 만나고 돌아온 작은아버지는 그놈도 함께 사라졌다며 탄식했다. 아버지의 눈에 살기가 느껴졌다. 이번에 다시 잡히면 막내고모는 살아남지 못할 것 같았다. 속으로 제발 꽁꽁 숨으라고, 제발 못 찾게 해달라고 빌었다. 하느님도 좋고 신령님도 좋으니 제발 막내고모를 찾지 못하게 숨겨달라고 기도했다. 다행히 고모는 잡히지 않았다. 막내고모 이야기는 집안의 금기어가 됐다. 긴 세월이 흘렀고, 막내고모는 그렇게 가족의 기억 속에서 사려져 갔다. 세월이 약이 된 걸까. 망각의 축복 속에서 집안사람들은 막내고모 없이도 잘들 살았다.

30여 년이 지난 어느 날 발걸음이 뜸하던 시내 고모가 막내고모 소식을 들고 왔다. 막내가 대구에 살고 있는데 큰 병이 들어 병원에 입원해 있다며, 그래도 핏줄인데 한번쯤은 병문안을 가야하지 않느냐며 조심스럽게 운을 뗐다. 아버지의 완강한 반대를 무릅쓰고 나와 작은아버지가 함께 병문안을 가기로 했다.

대구 파티마병원을 향하는 동안 병상에 누워있을 고모의 모습과 학교를 포기하고 가출을 하게 만든 고모부라는 인물에 대한 궁금증, 나와 내외종간인 고모 자식들에 대한 궁금증, 진작 찾아볼 생각을 하지 못한 무심함 등 여러 생각들이 뒤섞여 착잡했다.
네 시간을 달려 병원에 도착했다. 안내데스크에서 병실을 확인하고 입원실을 향했다. 여러 명이 함께 사용하는 병실에서 누워있는 막내고모와 조우했다. 한동안 서로 응시할 뿐 말문을 떼지 못했다. 세월의 공백이 컸기 때문이리라.

예고 없는 방문, 전혀 예상하지 못한 병문안에 막내고모는 감격했는지 입술을 떨면서 두 팔을 허우적거렸다. 그러다가 손을 내미는 오빠 품에 안겨 흐느꼈다. 죄송하다며, 죽을 죄를 지었다며, 용서해 달라며 병실이 떠나가도록 오열했다.

한참을 그런 후에 나를 발견한 막내고모는 언제 울었냐 싶은 밝은 표정으로 내손을 잡고 손등을 쓸어내렸다. 그리고 이 광경을 지켜보던 고모부와 아들을 소개했다. 나이 차이가 있다고 듣긴 했지만 고모부는 예상했던 것보다 훨씬 나이가 들어 보였다. 옷차림도 남루했다. 사내 녀석이, 아니 고종사촌뻘인 동생은 연신 어깨를 으쓱거리며 눈동자를 바삐 움직여 낯선 방문객을 위아래로 살폈다.

잠시 후에 고모부는 식사 대접을 하겠다며 우리를 병원 인근에 있는 복집으로 안내했다. 주인과는 잘 아는 눈치였다. 자리를 잡자마자 고모부는 소주를 주문했고, 술병이 오자마자 맥주잔에 가득 부어 단숨에 들이켰다. 거푸 두 잔을 비우고 다시 소주를 주문했다. 열 살 이상 차이 나는 처남 앞에서 고모부의 행동은 무례할 정도로 거침이 없었다. 워낙 말수가 적은 작은아버지는 내내 말이 없었고, 나는 가끔 예를 갖추느라 술을 따랐다. 쉬지 않고 독판 떠들어 대던 고모부가 술상에 코를 박았다. 난감했다. 주인에게 뒤처리를 부탁하고 문을 나서려는데 주인이 계산서를 내밀었다. 별 수 없이 계산하고 병원을 다시 찾았다.

작은아버지가 형제자매들이 십시일반으로 준비한 봉투를 고모에게

건넸다. 긴 병고에 형편이 궁했는지 고모는 사양하는 시늉도 없이 날름 받아서 늘어진 환자복 주머니에 쑤셔 넣었다. 병상에서 손을 흔드는 고모의 환송을 받으면서 병실을 나섰다.

그때 고모 곁을 지키고 있던 동생(?) 녀석이 따라 나오면서 내게 다짜고짜 농구화를 사달라고 했다. 당황스러웠지만 거절할 수가 없어 지갑을 열었다. 졸지에 두 부자에게 탈탈 털리고 빈털터리가 돼서 대구를 벗어났다. 30년 만의 만남은 그렇게 끝이 났다.

막내고모와의 재회를 회상하면 혼란스럽다. 교복을 단정하게 차려입은 고모의 모습을 떠올릴 때마다 머리카락을 잘린 참혹한 모습, 병상에서 오열하던 모습, 돈 봉투를 주머니에 쑤셔 넣던 모습이 오버랩 된다. 더하여 복집에서 주절거리던 고모부의 흐트러진 모습과 돈을 냉큼 받아 들고 뒤도 돌아보지 않고 달음질치던 동생의 모습도 어른거린다.

아무리 제 눈에 안경이라지만 저런 형편없는 인간 때문에 가족을 버리고 야반도주를 했다니 하는 생각에 부화가 끓어오르기도 한다. 얼음 위에 댓잎자리를 깔아도 아주 잘못 깐 셈인데 본인의 선택인데 어쩌겠는가.

막내고모에 대한 기억에서만큼은 망각의 축복이 용납되지 않는 것 같다. 아픔은 잊거나 치유되는 게 아니라 그저 묵묵히 견뎌내야만 하는 것인지도 모르겠다. 애써 잊으려 하기보다는 세월이 약이 될 날을 기다려야 할 것 같다.

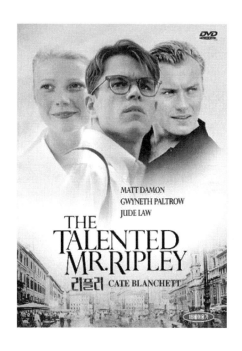

리플리 The Talented Mr. Ripley, 1999

감독: 앤서니 밍겔라

출연: 맷 데이먼, 기네스 팰트로, 주드 로, 케이트 블란쳇, 필립
　　　세이모어 호프만 외

"나는 지하에 갇힐 거야. 어둡고, 외롭고, 무서운 지하에. 난 거짓말을 했어. 내가 누구인지. 어디에 있는지. 이젠 아무도 날 찾지 못해. 난 늘 생각했지. 거짓된 남이 된다는 것이 초라한 자신보다 낫다고."

"다시 돌아갈 수만 있다면, 모든 걸 지울 수만 있다면, 나 자신으로 시작하고 싶어."

-「리플리」中 톰 리플리의 대사

행복한 동수저

삶을 송두리째 흔드는 우연을 피할 수 있을까?
후회 없는 삶을 살 수 있을까?
그런 삶이 가능한 걸까?

앤서니 밍겔라 감독의 영화 「리플리」를 감상하고 나서 주인공 톰 리플리의 불행한 삶을 반추하면서 떠올렸던 상념들이다.

낮에는 피아노 조율사로 일하고, 밤에는 호텔 보이로 일하며 손님들이 던져주는 동전 몇 닢에 굽실대는 초라한 신세인 톰 리플리. 아르바이트 반주자로 귀족들의 모임에 갔다가 우연히 선박 재벌인 그린리프 씨를 만나면서 불행의 심연으로 빠져든다. 리플리가 빌려 입은 프린스

턴대학 재킷을 보고 아들 디키의 동문일 것으로 오인한 그린리프 씨는 리플리에게 매혹적인 제안을 한다. 이탈리아 휴양지에서 애인과 함께 허송세월을 하고 있는 아들을 설득해서 데려오면 천 달러를 주겠다고.

가난한 청년이 거금을 손에 쥘 수 있는 기회를 포기할 수는 없는 일. 이탈리아에 도착한 리플리는 프린스턴 동문으로 행세하면서 디키 일행과 어울려 즐거운 시간을 보낸다. 점차 자신의 처지를 망각한 리플리는 디키의 세계로 빠져들고, 자신이 그들과 같은 부류라고 착각한다. 꼬리가 길면 잡히는 법. 자신에게 싫증을 느끼고 모욕을 준 디키와 보트 위에서 다투다가 우발적으로 살해하고, 아예 디키 행세를 하면서 과감한 사기 행각을 벌인다. 자신을 의심하는 디키의 친구 프레디마저 살해하지만 운 좋게 혐의를 벗고 풀려난다. 아테네로 향하던 배에서 자신의 정체가 드러날 것을 염려해 자신에게 호의를 베풀었던 피터마저 목을 조른다. 리플리는 그렇게 악마가 되었다.

초라한 현실에서 벗어나기 위해 시작한 거짓말이 꼬리에 꼬리를 물고 이어지는 사이 리플리는 자신이 지어낸 거짓이 현실이라고 믿어 버린다.

자신의 현실을 부정하면서 자신이 만든 허구를 진실이라고 믿고 거짓말과 거짓 행동을 반복하는 반사회적 인격 장애를 일컫는 '리플리 증후군'은 이 영화의 원작 소설인 미국의 소설가 패트리샤 하이스미스의 소설『재능 있는 리플리 씨 The Talented Mr. Ripley』에서 유래한 용어다. 자기애가 부족하고 열등감에 시달리면서도 과도한 성취욕을 가진 사람들에게서 흔히 나타나는 증상으로 알려져 있다. 리플리의 불행은 제 깜냥을 모르는 과도한 욕망의 결과다.

거짓을 끝내는 유일한 길은 진실을 밝히는 것이다. 거짓으로 거짓을 덮을 수는 없다.

리플리가 디키를 죽이고 디키 행세를 하면서 턱시도를 차려 입고 부호의 딸인 메레디스와 오페라를 감상하던 장면이 인상에 남는다. 차이코프스키의 오페라 「예프게니 오게닌」 중에서 주인공 블라디미르 렌스키가 결투를 앞두고 자신의 운명을 예견한 듯 아리아 '내 황금 같은 젊은 날은 어디로 갔는가'를 부르고, 눈 덮인 벌판에서 벌어진 결투에서 예프게니 오게닌의 총에 맞아 쓰러진다. 죄책감 때문일까. 디키를 죽인 리플리는 예프게니 오게닌이 친구인 렌스키를 쏘아 죽이는 장면을 보면서 눈물을 흘린다.

리플리는 '다시 돌아갈 수만 있다면, 모든 걸 지울 수만 있다면, 나 자신으로 시작하고 싶다'며 후회하지만 이미 되돌릴 수 없다. 후회는 늘 뒤에 오는 법이다.

어느 모임에서 선배로부터 당신은 무슨 수저냐는 질문을 받았다. 무슨 수저라니? 우물쭈물 하고 있는데 동석한 선배가 대신 대답했다. 이 친구는 땅 부자에다가 직업도 확실하니 당연히 금수저라고. 내가 금수저? 결론부터 밝히면 아니다. 직업은 그렇다 치더라도 땅 부자는 아니다.

한때 나는 도시 인근 과수원집 외아들로 남들의 부러움을 한 몸에 받았었다. 중·고등학교 시절 친구 중에 우리 과수원을 다녀가지 않은 친구가 거의 없었다. 허기를 달고 살던 그 시절 우리 집에는 늘 먹을 것이 있었고, 끼니를 거른 이웃들의 발걸음이 끊이질 않았다. 대학에 입학해서 만난 한 친구는 사과 따는 일을 돕겠다는 구실로 과수원을 드나들다가 동생을 따(?)갔다. 내 큰매제다.

땅은 땀 흘려 일하지 않으면 주인을 외면하는 법이다. 그 너른 과수원과 응달말·안골·벽돌공장 가마터 밭뙈기들이 차례로 남의 손에 넘어갔다. 선친은 주막 아낙들에게 인기 많은 양복쟁이 농부, 건달 농부였다.

과수원집 외아들의 행운은 그렇게 끝이 났다. 내가 번 것이 아니라서 큰 미련은 없지만 요즘도 그 동네를 지날 때마다 평당 수백만 원하는 과수원 자리에 들어선 아파트 단지를 외면하곤 한다. 원수만도 못한 내 사촌은 술만 취하면 동네 슈퍼 파라솔에 엎어져서 공짜 술에 감읍한 일행을 향해 외쳤다. '대의원은 송곳 꽂을 땅도 없다'고. 맞는 말이다. 대의원은 사촌의 삼촌이요 내 선친이다.

내 등급이 궁금했다. 인터넷 검색을 해보니 '수저론 기준표'란 것이 여럿 떠돌고 있었다. 등급의 가짓수와 기준에 약간씩 차이가 있었지만 대개 비슷했다. 가장 합리적이라고 고른 '금-은-동-흙 기준표'를 적용해 본 내 등급은 아무리 후하게 쳐도 동수저 수준이었다. 넉넉하지는 않지만 아내와 둘이서 열심히 벌어서 그럭저럭 살아온 터라 평균수준은 상회할 거라고 예상했는데 동수저라니. 기준이 현실성이 없다며, 내가 동수저는 아닐 거라며 부정할수록 기분만 언짢고 우울했다. 그러다가 SNS와 인터넷상에 떠도는 기준표가 통계청이 조사한 가구 자산 현황의 순자산 수치와 대략 일치한다는 기사를 접하고는 더 우울했다.

수저론이 등장하게 된 배경이 궁금했다. 처음에는 부의 세습과 가난의 대물림이 고착화돼가는 부정적인 사회 현상을 설명하기 위한 논의의 부산물 정도로 치부했다. 출발선상에서의 형평성이 실종된 공정하지 못한 세상을 비판하기 위한 도구쯤으로 받아들였다. 그럼에도 심기가 불편했다. 의도했든 아니든 수저론은 현실을, 특히 가난한 사람들이 자신의 처지를 체념적으로 받아들이게 하는 기제로 작용하는 것 같았다. 사다리가 부서진 상황에서 신분 상승과 계층 이동이 불가능한 현실을 부각함으로써 알아서 기라는 의미로 다가왔다.

수저론을 수긍하지 못하는 낮은 단계에 속한 사람들의 선택지는 두 가지뿐이다. 성공 가능성과 상관없이 희망을 버리지 않고 계층 상승을 위해 허리를 조이며 열심히 노력하는 것. 아니면 분수를 알고 현실에 안주하여 그럭저럭 살아가는 것이 그것이다. 어느 길을 선택하든 이러한 선택이 강요되는 사회는 건전한 사회라고 할 수 없다.

수저론의 등급과 행복한 삶과의 관계가 비례하는 것은 아닌 것 같다. 그렇다면 대기업의 회장이나 광역시의 시장, 부장판사 정도면 금수저가 분명할진대 그들이 다리 난간이나 아파트에서 몸을 던질 까닭이 있겠는가.

가난하다고 부유한 계층보다 상대적으로 불행한 것만도 아닌 것 같다. 2023 세계행복순위 보고서에 의하면 우리나라는 조사대상국 137 개국 가운데 57위다. 우리보다 순위가 높은 나라 중에는 평균 개인소득이 우리나라보다 적은 국가도 상당수가 포함된 것을 확인할 수 있다. 부가 행복을 결정하는 절대적인 조건도, 상수도 아닌 것은 분명하다.

개인의 인생관이나 삶의 태도는 행복한 삶을 결정하는 중요한 요소지만 화폐가치로 쉽게 환산할 수 없다. 일에 대한 만족도, 성취감, 소속 집단 구성원과의 관계, 건강 상태, 취미 생활 등 행복한 삶을 결정하는 요소는 다양하다. 특히 노동(일)은 강도나 생산성과 관계없이 행복한 삶을 위한 중요한 요소다. 나 같은 퇴직자들에게 일은 단순한 노동이 아니라 놀이이며, 건강지킴이이다.

나는 금수저나 은수저들처럼 물질적인 풍요를 누리지는 못하지만 일하는 즐거움은 넉넉하게 누리고 있다. 세 명의 외손주 돌보기, 텃밭 가꾸기, 발달장애 친구들이나 요양원 노인들에게 영화 보여주기, 지역 축제 단체에서 봉사하기, 늦깎이 작가로서 글쓰기 등등 백수가 과로사 할 지경이다. 자기합리화인지는 모르겠으나 단사표음이나 곡굉지락까지는 아니더라도 자긍심을 갖고 지족의 삶을 살고 있다. 동수저의 삶이 이만하면 남부러울 것도 없지 않은가.

종심을 바라보는 나이에 삶에 과부하를 걸고 싶진 않다. 후회하지 않는 삶, 다시 돌아가서 지울 것이 한 조각도 없는 생애가 허락된다면, 이보다 더한 행복이 어디 있겠는가. 사랑하는 가족, 그리고 살면서 인연을 맺었던 사람들과 함께 그런 삶을 살고 싶다.

나, 다니엘 블레이크 I, Daniel Blake, 2016

감독: 켄 로치

출연: 데이브 존스, 헤일리 스콰이어, 딜런 맥키어넌, 미키 맥그리거 외

"나 다니엘 블레이크는 사람이다. 개가 아니다. 한 사람의 시민 그 이상도 이하도 아니다."

　　　　　　　　　　- 주인공 다니엘 블레이크의 낙서 중에서

나도 다니엘 블레이크다

코엔 형제의 「노인을 위한 나라는 없다」를 감상하고 한동안 난감했었다. 제목의 의미가 뭔지, 영화를 통해 전달하고자 하는 감독의 메시지가 뭔지 알 수 없었다. 노인 복지를 다룬 것도 아니고, 노인 일자리 문제를 논한 작품도 아니면서 '노인을 위한 나라는 없다'라니. 살인청부업자 안톤 쉬거 역을 맡았던 하비에르 바르뎀의 섬뜩한 표정과 하릴없이 뒷북치는 보안관 벨 역을 맡은 토미 리 존스의 시니컬한 유머가 아니었다면 별로 건질 게 없는 영화라고 생각했는데 상이란 상은 거의 다 받았다니 평론가들의 생각은 나와 많이 다른가 보다.

켄 로치 감독의 영화가 황금종려상을 수상했다는 기사를 보고 수상작인 「나, 다니엘 블레이크」의 국내 개봉을 기다렸지만, 문화의 변방인

내가 사는 작은 도시에서는 감상할 수 없었다. 인터넷 검색을 통해 노원구에 있는 컬처플렉스 '더숲'에서 상영하는 하는 것을 확인하고 아내와 함께 상경했다. '더숲'은 작은 영화관이지만 작품성이 뛰어난 화제작들을 상영해서 가끔 찾는 곳이다.

신자유주의의 대표적 정책인 '대처리즘'을 끊임없이 비판해온 켄로치 감독은 영국을 비롯한 전 세계의 사회적 약자, 소외계층, 실직자, 이주민, 노동자 등의 이야기를 통해 이들의 목소리를 대변하는 영화를 만들어 왔다. 「나, 다니엘 블레이크」에서도 켄 로치 감독은 실직 노동자 다니엘과 가난한 이주민인 케이티의 고단한 삶을 통해 영국의 복지정책을 비판했다.

평생을 성실하게 목수로 살아온 다니엘 블레이크는 지병인 심장병이 악화되어 일을 계속할 수 없는 처지가 된다. 다니엘은 질병급여를 받기 위해 관공서를 찾아가지만 복잡한 절차와 직원들의 관료적인 태도 때문에 사회보장제도의 혜택을 받지 못하고 좌절한다. 생활비가 없어 쪼들리던 다니엘은 구직센터를 방문해서 실업수당을 신청하려고 하지만 컴퓨터 사용이 익숙치 않아 번번이 실패하고 매주 구직노력을 구직센터 담당관에게 증명해야 하는 어려움을 겪는다. 다니엘은 자신을 게으른 노인으로 취급하는 담당관의 태도에 분노한다. 결국 다니엘은 실업 수당을 포기하고 항소심 심판을 요구하기 위해 구직센터 벽에다가 '나 다니엘 블레이크는 굶어 죽기 전에 항소할 날짜를 요구한다.'

라는 구호를 쓰고 1인 시위를 벌이다 검거되기도 한다.

기다리던 항소 심판에 출석한 다니엘은 긴장 때문에 갑자기 심장마비로 쓰러져 사망한다. 다니엘의 도움을 받으며 가족같이 지내던 싱글맘인 케이티가 장례식에서 다니엘이 면접관에게 하려던 말을 적은 쪽지의 글을 읽는다.

'나 다니엘 블레이크는 사람이다. 개가 아니다. 한 사람의 시민 그 이상도 이하도 아니다.'

한 편의 영화로 영국의 복지정책을 평가할 수는 없겠지만 신사의 나라 영국도 복지 분야에서만큼은 신사답지 못한 것 같다. 신사의 나라는 무슨. 영국은 노인을 위한 나라가 아닌 것 같다.

만 나이 65세를 넘기면 한 달에 시내버스 스무 번 무료로 탈 수 있고 전철도 무료로 이용할 수 있고 병원 진료비도 팍팍 깎아주는 나라, 나이 지긋한 민원인이 관공서를 방문하면 공무원이 상냥하게 안내해주고 서류도 대신 작성해 주는 나라, 우리나라 좋은 나라다.

그런 우리나라가 점점 영국을 닮아가는 것 같아 마음이 편치 않다. 최근에 인건비를 줄이려고 키오스크를 설치하는 곳이 늘어나면서 여러 번 당황한 경험이 있다. 대형 마트 주차장을 빠져나오다가 정산을 하지 못해 쩔쩔맸다. 뒤차 운전자가 나와서 대신 해주어서 겨우 나올 수 있었다. 키오스크를 설치한 음식점에서도 다른 사람들의 눈총을 받을 때가 많다. 다른 사람들이 주문하는 것을 흘깃대며 사용법을 익힌 후에 시도했는데도 마음대로 되지 않는다. 패스트푸드 가게에서 음료 주문을 하는 데 더듬대자 답답했는지 여섯 살 난 손자가 손가락을 능숙하게 놀려 주문을 끝냈다. 별 것 아닌 것 같은데 막상 기계 앞에 서면 주눅이 든다.

관공서에 가도 예전과 다르다. 질문을 하면 대답하는 대신 사용법이나 안내 문구를 적은 팻말이나 전광판을 볼펜으로 가리킨다. 그럴 리야 없겠지만 그것도 모르냐고 무시하는 것 같아 기분이 언짢을 때가 많다.

법정에서 노인에게 '늙으면 죽어야 한다'고 막말을 했다가 옷 벗은 판사의 말처럼 죽을 수도 없는 노릇이고, 나이 들어 눈치 보며 살자니 고단하다. 점점 나도 다니엘 블레이크가 돼 가는 것 같아 씁쓸하다. 키오스크 많은 나라, 우리나라 나쁜 나라다. 어르신 전용 주문창구를 만들어 주는 가게나 음식점이 있으면 평생 단골이 될 것 같다.

그런 가게나 음식점이 생길 것 같지는 않고 어쩌겠나. 열심히 연습해서 젊은이들을 따라 하거나 아니면 뻔뻔하게 더듬거리며 살든가 해야지. 아니면 목청껏 종업원을 부르거나.

다음 선거 때는 키오스크 없는 나라를 만들겠다고 공약하는 후보에게 무조건 한 표 던질 생각이다.

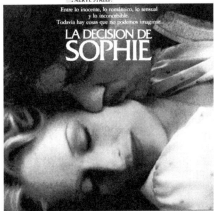

소피의 선택 Sophie's Choice, 1982
감독: 알란 J. 파큘라
출연: 메릴 스트립, 케빈 클라인, 피터 맥니콜 외

이 쓸쓸한 침상 위에 찬란한 빛이 비치게 하라.
심판의 새벽이 올 때까지 이 빛나는 아침.

이불깃 똑바로 접고, 베개도 두둑이 하여,
아침 햇살 외 그 어떤 것도 감히 훼방치 못하게 하라.

– 에밀리 디킨슨(1830~1886)

'선택'에 대한 단상

'소피의 선택'

어떤 선택을 하든지 최악의 결과를 피할 수 없는 딜레마를 일컫는 말이다. 알란 J. 파큘라 감독의 1982년 영화 「소피의 선택」의 여주인공 소피는 두 자녀와 함께 절멸수용소로 끌려가는 도중에 소피의 미모에 반한 독일군 장교부터 아들과 딸 중에서 한 아이를 살려줄 테니 선택하라는 요구를 받는다. 어느 한쪽도 포기할 수 없는 소피는 두 아이를 모두 살려달라고 애원하지만 돌아온 것은 빨리 선택하지 않으면 둘 다 가스실로 보내겠다는 협박뿐이다. 어쩔 수 없이 아들을 선택한 소피는 가스실로 끌려가는 딸을 바라보며 절규한다. 소피의 선택은 선택이 아니다. 폭력이며 강요일 뿐이다.

「소피의 선택」은 홀로코스트를 다룬 영화다. 엄밀하게 말하면 수용소에서 살아남은 생존자들의 트라우마를 다룬 영화라고 해야 맞을 것 같다. 스티븐 스필버그 감독의 「쉰들러 리스트」나 로만 폴란스키 감독의 「피아니스트」 등 홀로코스트를 다룬 대부분의 영화는 나치의 반인륜적인 범죄를 고발하는데 초점을 맞추고 있다. 반면에 「소피의 선택」은 소피와 네이선과 같이 수용소 지옥에서 살아남은 생존자들의 고통스런 삶을 보여주는 영화다.

소피는 자식을 지키지 못하고 자신만 살아남은 죄책감 때문에 괴로워한다. 홀로코스트의 끔찍한 기억에 사로잡혀 정신 이상 증세를 보이는 네이선은 반인륜적인 범죄를 저지른 나치 전범들에 대한 처벌이 제대로 이행되지 않는 상황에 분노한다. 살아남았지만 산 것이 아니다. 죽음보다 더한 고통이 이들을 옥죄고 있다. 악몽에 시달리는 두 사람은 서로 의지하지만 소피나 네이선은 서로에게 둔덕이 될 수 없다. 참혹한 기억의 망령과 병적인 집착이 교차하면서 때로는 서로에게 매달리고, 또 밀어내면서 위태로운 동거를 이어갈 뿐이다. 두 사람은 함께 자살함으로써 비로소 죽음보다 더한 고통으로부터 벗어나 영원한 안식에 들 수 있었다.

불행한 일들이 일상처럼 반복되면서 트라우마라는 용어가 의학용어가 아닌 일상어처럼 사용되고 있다. 전쟁, 대참사, 재난과 같은 일반적인 인간 경험의 범주를 넘어서는 충격적인 외상 사건을 경험한 후 그 후유증으로 발생하는 장애를 트라우마라고 한다.

일상적으로 이루어지는 여성이나 아동들에게 가해지는 가정폭력, 학대, 성폭행 등도 트라우마의 원인이다. 각종 사고, 가족과의 사별, 이별, 모욕이나 창피를 당한 경험, 좌절의 경험, 질병이나 신체적 장애, 집단 따돌림 등을 겪고 난 뒤에도 트라우마 증상이 나타날 수 있다. 일상에서 겪는 모든 외상이 트라우마의 원인이 될 수 있다.

유대인을 말살하기 위해 나치가 자행한 홀로코스트의 희생자들이 겪은 충격, 그로 인한 외상은 형언할 수 없는 것이다. 자식의 생명을 놓고 소피가 강요받은 선택은 반인륜적인 고문이다. 소피의 선택은 소피를 트라우마의 늪으로 떠밀었고, 그 트라우마는 소피를 죽음으로 내몰았다.

'순간의 선택이 10년을 좌우합니다.'

1980년대 초 국내 모 기업의 텔레비전 광고 카피다. 경쟁사를 주눅 들게 만든, 대박을 낸 전설적인 광고 카피라고 한다.

어찌 보면 우리네 삶은 선택의 연속이다. 그 선택은 결과를 낳고, 또 선택의 결과에 책임을 져야 할 때가 많다. 가끔 내가 한 선택이 내 삶을 10년만 좌우했다면 다행이었을 텐데 하는 생각을 해본다. 내가 한 선택 중에는 사소한 선택도 많았지만 지금도, 앞으로도 헤어날 수 없는 운명적인 선택도 있었다.

첫 번째 중요한 선택은 대학 진학과 관련한 것이었다. 동네 소문난 지주의 아들이었던 나는 목장주의 꿈에 부풀어 있었다. 넓은 초원에서

젖소들이 한가롭게 풀을 뜯는 모습을 바라보는 생각만으로도 행복했다. 축산과를 지원하겠다고 했더니 부친 왈 '소를 기를 놈이 무슨 대학을 가느냐.'며 지게작대기를 휘둘렀다. 아버지의 서슬에 꼬리를 내리고 사범대를 선택했다. 대목장 주인의 운명이 초라한 선생으로 전락하는 순간이었다. 트라우마까지는 아니지만 미련이 남는 선택이었다. 가정이 무슨 소용이 있을까마는 만약에 내가 목장을 운영했더라면 지금은 남의 손에 넘어간 드넓은 과수원과 전답만큼은 지킬 수 있었을 것 같다.

두 번째 선택이야말로 운명적인 선택이었다. 아내를 만난 것이다. 군복무를 마치고 착한 인간으로 거듭나서 복학한 복학생으로서 첫째도 공부, 둘째도 공부라고 다짐하면서 체질에 맞지도 않는 공부에 매진했다. 그러다가 잠깐 한눈을 팔다가 '서울야곡'을 부른 가수 전영처럼 생긴 차도녀를 만난 것이다. 놓치면 평생을 두고 후회할 것 같은 불길한 예감이 스쳤다. 공부는 나중에 해도 늦지 않을 거라며 그녀에게 집중했다. 그녀가 한 해 먼저 졸업하여 교사 발령을 받았다. '안 보면 멀어진다.'고 했거늘 자칫 차일지도 모른다는 불안감이 엄습해왔다. 다음해 졸업하고 발령을 기다리다가 교육청 인사담당 장학사를 찾아갔다. 각설하고 그녀의 고향으로 발령을 내달라고 사정하자 까닭을 물었다. 이실직고했더니 웃으면서 사나이다운 기개를 높이 사서 도와주겠노라며 그녀의 고향으로 발령을 내주었다. '간절히 소망하면 온 우주가 돕는다'고 했던 이가 파울로 코엘료였든가. 아무튼 그녀는 온 우주의 도움을 받은 나의 아내가 되었다. 나로서는 행운이지만 아내나 처가로서는 손해 본 심정이었으리라. 밤송이처럼 까칠하고 럭비공 튀듯 종잡을 수 없었던 내가 이만한 인간으로 개과천선할 수 있었던 것은 온전히 아내 덕이다. 아내를 선택한 것은 태어나서 제일 잘한 일이다.

　세 번째 선택은 대학원 진학을 결심한 것이다. 학술조사 나온 은사님들의 감언이설에 넘어가 대학원 진학을 선택한 후 긴긴 세월 고난의 행군을 해야 했다. 고진감래라고, 지천명을 눈앞에 두고 3대가 음덕을 쌓아야 가능하다는 국립대 교수가 돼서 보람은 있었지만 20년 가까운 세월을 명철보신을 좌우명으로 삼고 쥐 죽은 듯이 지내야 했다. 학문다운 학문을 할 수 없었다. 스승의 학설에 이의를 제기하는 것은 역린이나 다름없었다. 토론은 실종되고 맹종만이 미덕인 불모의 땅을 서성이며, 다시 읽고 싶지 않은 논문으로 학위를 받고, 영혼 없는 학자로 열여섯 성상 넘게 대학 강단을 떠돌았다. 잃어버린 20년이었다.

　위의 선택들은 10년을 훌쩍 넘겨 현재의 내 삶을 주조한 선택들이다. 부친의 협박 때문에 사범대를 갔고, 사범대에서 아내를 만났고, 대학원 진학해서 교수도 됐으니 따지고 보면 나는 결과적으로 괜찮은 선택을 한 셈이다.

　소피의 선택에 비길 것은 아니지만 나도 곤란한 선택을 강요받은 적이 없는 것은 아니다. 재산을 지킬 것인가, 아니면 우정을 지킬 것인가를 시험하는 시험대에 올랐었다. 학자로서의 길을 걸을 것인가, 아니면 보직의 단맛에 취해 살 것인가 하는 선택의 기로에 놓이기도 했었다. 사람을 잃고 명예를 지킬 것인가, 아니면 명예를 잃고 사람을 지킬 것인가 하는 어려운 선택에 망설이기도 했다. 대의를 위해 총대를 멜 것인지, 아니면 가족을 위해 대의를 외면할 것인지를 고민할 때도 있었다.

우정을 지키려고 도장 한 번 잘못 찍었다가 재산을 잃었고, 보직의 유혹에 넘어가 학문의 길에서 멀어졌다. 사람을 지키려다가 명예를 잃었고, 으스대며 총대를 멨다가 가족의 원망을 들었다. 선택은 내가 했지만 동기는 부탁이나 추천이나 은근한 압박인 경우가 많았다. 온정주의에 이끌려 맺고 끊는 것을 분명히 하지 못해 마음고생을 했다.

엄처시하에서 눈칫밥 먹는 신세에 무슨 선택이 더 있겠는가. 평균수명으로 따지면 15년 정도 남은 생애에 운명적인 선택을 할 일은 거의 없을 터. 그래도 혹시라도 10년을 좌우하는 선택의 기회가 온다면 몸을 사릴 생각이다. 나이 들어 하는 실수는 치명적이다. 돌이킬 수 있는 시간이 많지 않으니 조심하는 수밖에 도리가 없다.

아울러 남은 물론 가족에게 선택을 강요하지 않겠다. 자발적이고 능동적인 선택만이 진정한 선택이기 때문이다.

비록 영화 속의 인물들이지만 '선택'의 의미를 반추할 기회를 준 소피와 네이선의 명복을 빈다. 그리고 지난날의 칙칙한 기억과도 결별을 선언한다.

가재가 노래하는 곳 Where the Crawdads Sing, 2022

감독: 올리비아 뉴먼

출연: 데이지 에드가 존스, 테일러 존 스미스, 해리 디킨슨, 데이

　　　비드 스트라단 외

자연의 일부라는 사실만으로 나는 늘 충분했다.

파도가 가면 오듯이

자연이 인도하는 대로

습지는 죽음을 통달하고 있었다.

비극이라고 규정짓지도 않는다.

죄는 더더욱 아니다.

모든 생물들이 살아남기 위해 그러는 것을 알고 있다.

그리고 가끔 먹잇감이 살아남으려면

포식자는 죽어야 한다.

　　　　　- 영화 「가재가 노래하는 곳」 카야의 일기 중에서

'가재가 노래하는 곳'을 찾아서

소설의 마지막 페이지를 넘기면서도 내내 궁금했다, 카야가 체이스의 죽음과 관련이 있는 건지 아닌지가. 카야는 습지에서 혼자 살아남기 위해 자신의 흔적을 지우는 일을 터득했다고 기술한 대목으로 미루어 카야의 완전범죄일 수도 있겠다고 짐작할 따름이었다.

원작 소설과는 달리 영화에서는 카야의 대사나 독백을 통해서 카야 자신이 살아남기 위해서 그녀가 체이스를 죽였다는 것을 암시하는 듯했다. 테이트가 카야의 유품인 일기장을 펼치자 카야의 독백이 흐른다. '그리고 가끔 먹잇감이 살아남으려면 포식자는 죽어야 한다.'는 대목에서 카메라는 카야가 그린 체이스의 초상화를 클로즈업 한다. 그리고 테이트가 다음 장을 펼치자 죽은 체이스의 목에서 사라진 조개 껍질로 만든 목걸이가 공책 갈피에 끼워져 있다. 순간 테이트의 눈빛이 흔들렸다.

모든 게 분명해졌다. 그 장면에서 '파도가 가면 오듯이, 자연이 인도하는 대로 습지는 죽음을 통달하고 있었다. 비극이라고 규정짓지도 않는다. 죄는 더더욱 아니다.'고 한 카야의 독백이 내포한 의미가 조금 더 분명해졌다.

출판사 직원과의 대화에서 카야가 '자연에 선과 악이 있는지는 모르겠어요. 그저 살아남기 위한 방법들이죠. 환경이 환경이니 만큼이요.'라고 했던 알쏭달쏭한 말의 의미도 알 수 있을 것 같았다.

재구성해보자면 카야는 이렇게 항변하는 듯 했다.

"제가 체이스를 죽였어요. 먹잇감인 내가 살기 위해서는 포식자인 체이스는 죽어야만 했어요. 그래서 내가 죽였어요. 생존을 위한 방어였을 뿐입니다. 선과 악의 문제가 아니에요. 체이스의 죽음은 파도가 오고 가는 것처럼 자연스러운 변화의 일부일 뿐이죠. 비극적인 일도 아니고, 제 행위가 죄가 되는 것은 더더욱 아닙니다."

카야에게 문명세계의 규범을 들이대는 것이 과연 옳은 것인지 모르겠다. 사회적 합의와 도덕률을 부정하며 살인의 정당성을 주장하는 듯한 항변을 수긍해야하는 지, 아니면 반박해야 하는지도 모르겠다. 판단 유보다.

문제는 폭력이다. 아빠의 폭력을 건디지 못한 엄마가 떠나고, 연이어

언니들이 떠나고, 마지막 희망이었던 오빠 조디 마저 떠난다. 조디는 떠나면서 어린 동생에게 엄마가 그랬던 것처럼 아빠를 피해 가재가 노래하는 곳으로 숨으라고 말한다.

아빠와 둘이 남은 카야는 아빠와 함께 살아남는 법을 익힌다. 어느날 엄마의 편지가 배달되고, 편지를 읽은 아빠는 엄마의 물건들을 모두 태워버린 후 어린 카야를 두고 떠나버린다.

카야는 그렇게 습지소녀가 되었다. 포식자와 먹잇감의 위계가 지배하는 정글이나 다름없는 습지에서 홀로 생존하는 법을 터득해야 했다. 점핀 부부와 오빠의 친구였던 테이트, 변호사 톰 밀턴을 제외하면 습지 밖 사람들 모두가 카야에게는 포식자였다. 그 중에서도 지역 명망가의 아들인 체이스는 사나운 포식자였다. 거짓과 위선으로 카야를 순간의 쾌락을 위한 먹잇감 정도로 여기는 맹수였다. 파도가 오고 가듯이 자연의 이치가 지배하는 환경에서 자란 카야는 자신의 생존을 위해 포식자를 제거했다. 그녀의 독백대로 선과 악의 문제도 아니고 죄의 문제는 더더욱 아니다.

'인위(人爲)'와 '무위(無爲)'의 우열을 가릴 만한 혜안이나 능력이 내게는 없다. 필부가 어찌 공맹과 노장의 깊은 뜻을 헤아리겠는가.

그럼에도 불구하고 규범으로 지탱하는 사회보다는 스스로 질서를 유지하는 사회에 방점을 찍고 싶다. 규범이 있다고 범죄가 사라지는 것은 아닐진대, 진화하는 범죄를 방지하기 위해 촘촘한 규범을 만들다 가 우리사회가 규범의 지옥에 빠지는 건 아닐는지. 자승자박의 우를

범하지 않기 위해서라도 카야의 세계를 유지했던 자연의 이치에 관심을 가져야 할 때다.

늑대의 세계를 소개한 글을 읽은 적이 있다. 우두머리 경쟁에서 승리한 수컷은, 많은 암컷 늑대들이 지켜보는 앞에서, 패한 수컷의 목을 물고 흔드는 시늉을 하고 놓아 준다. 패한 늑대는 새로운 터전을 찾아 떠나고, 새로 우두머리가 된 늑대는 패한 늑대의 새끼들을 물어 죽이는데, 이는 젖을 먹이는 암컷은 수태가 되지 않기 때문이라고 한다. 얘긴즉슨 새 우두머리 늑대의 새끼 사냥은 자연의 순리를 따르는 의식이라는 것이다. 학살이 아니라 그저 살아남기 위한 방법이고, 자연 순환의 한 과정이라는 것일 터. 문명세계의 규범으로 새 우두머리 늑대가 새끼들을 물어 죽이는 행위를 평가하는 것은 넌센스다.

습지의 생존 방식이 통용되는 카야의 영토에서 이루어진 행동을 판단하는 기준을 고민해야 하는 이유다. 역사를 통해서 한 집단의 규범이 경계를 넘으면 도그마가 되고, 흉기가 될 수 있다는 교훈을 얻지 못한다면 불행한 일이다. 우리 눈에는 파도가 끊임없이 바위를 때리고 있는 것으로 보이겠지만 카야의 눈으로 보면 파도와 바위는 다정하게 대화를 나누고 있을 뿐이다.

규범의 무용론을 주장하는 것이 아니다. 다만 규범에 지나치게 의존하는 것을 경계할 따름이다. 범죄를 저지른 무리들이 형평성을 문제 삼으면서 '유전무죄 무전유죄'를 당당히 외치는 풍경이 불편해서다. 너무 많은 규범이 만들어지고 있음에도 불구하고 세상이 점점 정글이 돼가고 있는 현실을 우려해서다.

영화를 감상하는 동안, 소설을 읽는 내내 '가재가 노래하는 곳'이 궁금했다. 작가는 말한다. 당신이 혼자 야생으로 충분히 멀리 들어가면, 당신과 자연, 그 외에 아무것도 없다면, 당신은 가재가 노래하는 소리를 듣게 될 것이라고. 가재가 노래하는 곳의 의미를 이해하기 위해서는 결국 카야와 자연의 관계에 집중할 수밖에 없다.

문명사회에 살고 있는 우리는 우리가 자연의 일부라는 사실을 잊고 산다. 잊고 산다고 자연으로부터 분리될 수 있는 것은 아니다. 우리는 자연과 분리될 수 없으며, 우리의 삶은 다양한 양상으로 자연과 연관되어 있다. 인간이 자연의 일부라는 사실을, 자연과의 연관성을 망각하는 순간 자연의 반격은 시작된다. 문명세계가 당면한 환경의 위기가 반격의 징후다.

문명과 단절한 채 카야가 홀로 생존해야 했던 곳 '습지'는 '자연'의 다른 이름이다. 가족들이 모두 떠나고, 테이트마저 떠난 후 홀로 남은 카야에게 자연은 포식자의 위협이 상존하는 정글이다. 동시에 은신처이며, 새로운 삶을 예비하는 어머니의 품과 같은 곳이다.

시련과 편견을 극복하고 카야가 다시 일어선 곳, 가재가 노래하는 곳은 카야의 삶의 터전인 동시에 인간이 잊고 살았던 자연이다. 카야가 책을 출판하고 테이트와 재회하면서 관계를 회복할 수 있었던 것은 습지에서 자연의 규범을 좇아 생존하는 법을 터득했기 때문에 가능했다.

카야의 이야기는 회복 탄력성에 대한 이야기다. 동시에 인간의 삶에서 관계와 소통, 그리고 사랑의 중요성을 강조하는 선언이며, 외로움을 극복하고 자신의 가치를 스스로 입증한 평범한 인간의 위대한 영웅담이다. 카야의 이야기는 문명사회의 규범 옆에 자연의 규범을 병치해야 한다고 넌지시 권하는 제언이다.

독문학자 전영애 교수는 세상의 중요한 일들은 '외로움의 힘'으로 이루어진다고, 외로움은 '정말 중요한 일'을 가능하게 하는 원동력이라고 했다. 카야가 이를 입증했다.

정호승 시인은 '울지마라. 외로우니까 사람이다. 살아간다는 것은 외로움을 견디는 일이다.'고 했다. 카야는 외로움을 견뎌냈다. 그리고 스스로 존재를 입증했다.

카야에게 경의를 표할 시간이다.
차렷! 카야에게 경례!

수필가 이대범이 추천하는 영화 365

12명의 성난 사람들 12 Angry Men, 1957. 시드니 루멧
21그램 21 Grams, 2003. 알레한드로 곤잘레스 이냐리투
45년 후 45 Years, 2015. 앤드류 하이
400번의 구타 The 400 Blows, 1959. 프랑스와 트뤼포
7년만의 외출 The Seven Year Itch, 1955. 빌리 와일더
8월의 크리스마스 Christmas in August, 1998. 허진호

ㄱ

가면 속의 아리아 The Music Teacher, 1988. 제라르 코르비오
가을로 Traces of Love, 2006. 김대승
가을 소나타 Autumn Sonata, Höstsonaten, 1978. 잉그마르 베르히만

가을의 전설 Legends of the Fall, 1994. 에드워드 즈윅

가재가 노래하는 곳 Where the Crawdads Sing, 2022. 올리비아 뉴먼

겟 리치 오어 다이 트라인 Get Rich or Die Tryin', 2005. 짐 쉐리단

굿 윌 헌팅 Good Will Hunting, 1997. 구스 반 산트

귀여운 여인 Pretty Woman, 1990. 게리 마샬

그녀가 말했다 She Said, 2022. 마리아 슈라더

그녀에게 Talk to Her, 2002. 페드로 알모도바르

그대를 사랑합니다 I Love You, 2010. 추창민

그리스 Grease, 1978. 랜들 클라이저

그리스인 조르바 Zorba The Greek, 1964. 미할리스 카고지아니스

그린 북 Green Book, 2018. 피터 패럴리

글래디에이터 Gladiator, 2000. 리들리 스콧

기적의 오페라: 엘 시스테마 El Sistema, 2008. 파울 슈마츠니

길버트 그레이프 What's Eating Gilbert Grape, 1993. 라세 할스트롬

ㄴ

나는 부정한다 Denial, 2016. 믹 잭슨

나, 다니엘 블레이크 I, Daniel Blake, 2016. 켄 로치

나의 계곡은 푸르렀다 How Green Was My Valley, 1941. 존 포드

나의 산티아고 I'm Off Then, 2015, 줄리안 폰 하인츠

나 홀로 집에 Home Alone, 1990. 크리스 콜럼버스

날아라 허동구 Bunt, 2006. 박규태

남과 여 A Man And A Woman, 1966. 끌로드 를르슈

내 사랑 히로시마 Hiroshima, My Love, 1959. 알랭 레네

내일을 향해 쏴라 Butch Cassidy And The Sundance Kid, 1969. 조지
로이 힐

네버랜드를 찾아서 Finding Neverland, 2004. 마크 포스터

네 번의 결혼식과 한 번의 장례식 Four Weddings and a Funeral, 1994.
마이크 뉴엘

노마 레이 Norma Rae, 1979. 마틴 리트

노예 12년 12 Years a Slave, 2013. 스티브 맥퀸

노인을 위한 나라는 없다 No Country for Old Men, 2007. 에단 코엔

노트북 The Notebook, 2004. 닉 카사베츠

누가 버지니아 울프를 두려워하랴 Who's Afraid of Virgina Woolf?,
1966. 마이클 니콜스

ㄷ

다섯 번째 계절 Bee Season, 2005. 스캇 맥게히

다우트 Doubt, 2008. 존 패트릭 셰인리

닥터 스트레인지러브 Dr. Strangelove, 1964. 스탠리 큐브릭

달콤한 인생 The Sweet Life, La Dolce vita, 1960. 페데리코 펠리니

대부 1 The Godfather, 1972. 프란시스 포드 코폴라

더 리더 The Reader, 2008. 스티븐 달드리

더 베스트 오브 에너미즈 The Best of Enemies, 2019. 로빈 비슬

더 파더 The Father, 2020. 플로리앙 젤러
데드 맨 워킹 Dead Man Walking, 1995. 팀 로빈스
데이비드 게일 The Life of David Gale, 2003. 알란 파커
델마와 루이스 Thelma &Louise, 1991. 리들리 스콧
돌로레스 클레이본 Dolores Claiborne, 1995. 테일러 핵포드
동감 Ditto, 2000. 김정권
동경 이야기 Tokyo Story, 1953. 오즈 야스지로
동물 농장 Animal Farm, 1999. 존 스티븐슨
드라이빙 미스 데이지 Driving Miss Daisy, 1989. 부르스 베레스포드
디 벨레 The Wave, 2008. 데니스 간젤
디센던트 The Descendants, 2011. 알렉산더 페인
디어 헌터 The Deer Hunter, 1978. 마이클 치미노

라디오 스타 Radio Star, 2006. 이준익
라 비 앙 로즈 The Passionate Life of Edith Piaf, 2007. 올리비에 다한
라스트 크리스마스 Last Christmas, 2019. 폴 페이그
라따뚜이 Ratatouille, 2007. 브래드 버드
라이언 일병 구하기 Saving Private Ryan, 1998. 스티븐 스필버그
란 Ran, 1985. 구로자와 아키라
람보 First Blood, 1982. 테드 코체프
랑페르 The Hell, L' Enfer, 2005. 다니스 타노비치

래리 플린트 The People vs. Larry Flynt, 1996. 밀로스 포만
러브레터 Love letter, 1995. 이와이 슌지
러브 스토리 Love Story, 1970. 아서 힐러
러브 액츄얼리 Love Actually, 2003. 리차드 커티스
레 미제라블 Les Miserables, 2012. 톰 후퍼
레베카 Rebecca, 1940. 알프레드 히치콕
레볼루셔너리 로드 Revolutionary Road, 2008. 샘 멘데스
레옹 Leon, Léon, 1994. 뤽 베송
레이디버드 레이디버드 Ladybird Ladybird, 1994. 켄 로치
레인 맨 Rain Man, 1988. 배리 레빈슨
레인 메이커 The Rainmaker, 1997. 프란시스 포드 코폴라
레인 오버 미 Reign Over Me, 2007. 마이크 바인더
로렌조 오일 Lorenzo's Oil, 1992. 조지 밀러
로리타 Lolita, 1962. 스탠리 큐브릭
로마 위드 러브 To Rome with Love, 2012. 우디 앨런
로마의 휴일 Roman Holiday, 1953. 윌리엄 와일러
로메로 Romero, 1989. 존 듀이건
로제타 Rosetta, 1999. 장 피에르 다르덴
로즈 The Secret Scripture, 2017. 짐 쉐리단
록키 Rocky, 1976. 존 G. 아빌드센
리버티 밸런스를 쏜 사나이 The Man Who Shot Liberty Valance,
     1962. 존 포드
리스본 행 야간열차 Night Train to Lisbon, 2013. 빌레 아우구스트

리플리 The Talented Mr. Ripley, 1999. 앤서니 밍겔라

마담 보봐리 Madame Bovary, 1991. 클로드 샤브롤
마이너리티 리포트 Minority Report, 2002. 스티븐 스필버그
마이클 클레이튼 Michael Clayton, 2007. 토니 길로이
말아톤 Marathon, 2005. 정윤철
말콤 X Malcolm X, 1992. 스파이크 리
매디슨 카운티의 다리 The Bridges of Madison County, 1995. 클린트
    이스트우드
맨 오브 아너 Men of Honor, 2000. 조지 틸만 주니어
맹크 Mank, 2020. 데이빗 핀처
멀홀랜드 드라이브 Mulholland Dr., 2001. 데이비드 린치
멜랑콜리아 Melancholia, 2011. 라스 폰 트리에
모던 타임스 Modern Times, 1936. 찰리 채플린
모터사이클 다이어리 The Motorcycle Diaries, 2004. 월터 살레스
몬스터 볼 Monster's Ball, 2001. 마크 포스터
무기여 잘 있거라 A Farewell to Arms, 1957. 찰스 비도르
무방비 도시 Open City, 1945. 로베르토 로셀리니
뮤직 박스 Music Box, 1990. 코스타 가브라스
미녀와 야수 Beauty and the Beast, 1991. 게리 트러스데일 & 커크
    와이즈

미드나잇 익스프레스 Midnight Express, 1978. 알란 파커

미드나잇 인 파리 Midnight in Paris, 2011. 우디 앨런

미드나잇 카우보이 Midnight Cowboy, 1969. 존 슐레진저

미션 The Mission, 1986. 롤랑 조페

미스틱 리버 Mystic River, 2003. 클린트 이스트우드

미시시피 버닝 Mississippi Burning, 1988. 알란 파커

밀리언 달러 베이비 Million Dollar Baby, 2004. 클린트 이스트우드

밀양 Secret Sunshine, 2007. 이창동

ㅂ

바그다드 카페 Bagdad Cafe, 1987. 퍼시 애들론

바람과 함께 사라지다 Gone with the Wind, 1939. 빅터 플레밍

바이올린 플레이어 The Violin Player, Le Joueur De Violon, 1994.
　　　찰스 반담

박하사탕 Peppermint Candy, 1999. 이창동

배리 린든 Barry Lyndon, 1975. 스탠리 큐브릭

백야 White Nights, 1985. 테일러 핵포드

버킷 리스트 The Bucket List, 2007. 롭 라이너

베니스에서의 죽음 Death in Venice, 1971. 루키노 비스콘티

베를린 천사의 시 Wings of Desire, 1987. 빔 벤더스

벤자민 버튼의 시간은 거꾸로 간다 The Curious Case of Benjamin
　　　Button, 2008. 데이빗 핀처

밀로스 포만

뽀네트 Ponette, 1996. 자끄 드와이용

사계절의 사나이 A Man for All Seasons, 1966. 프레드 진네만

사랑과 슬픔의 볼레로 Bolero, Les Uns Et Les Autres, 1981. 끌로드 를르슈

사랑은 비를 타고 Singin' in the Rain, 1952. 스탠리 도넌

사랑의 기적 Awakenings, 1990. 페니 마셜

사랑의 레시피 No Reservations, 2007. 스콧 힉스

사랑의 블랙홀 Groundhog Day, 1993. 해롤드 래미스

사랑 후에 남겨진 것들 Cherry Blossoms, 2008. 도리스 되리

사운드 오브 뮤직 The Sound of Music, 1965. 로버트 와이즈

사울의 아들 Son of Saul, Saul fia, 2015. 라즐로 네메스

사이더 하우스 The Cider House Rules, 1999. 라세 할스트롬

사형대의 엘리베이터 Elevator to the Gallows, 1957. 루이 말

샤인 Shine, 1996. 스콧 힉스

설리: 허드슨 강의 기적 Sully, 2016. 클린트 이스트우드

세븐 Seven, 1995. 데이빗 핀처

세일즈맨의 죽음 Death of a Salesman, 1985. 폴커 슐렌도르프

센과 히치로의 행방불명 The Spiriting Away of Sen and Chihiro, 2001. 미야자키 하야오

센스 앤 센서빌리티 Sense and Sensibility, 1995. 이안

셔터 아일랜드 Shutter Island, 2010. 마틴 스콜세지

소울 서퍼 Soul Surfer, 2011. 숀 맥나마라

소피숄의 마지막 날들 Sophie Scholl : The Final Days, 2005. 마크
　　로드문트

소피의 선택 Sophie's Choice, 1982. 알란 J. 파큘라

쇼생크 탈출 The Shawshank Redemption, 1994. 프랭크 다라본트

쇼아 Shoah, 1985. 클로드 란츠만

순수의 시대 The Age of Innocence, 1993. 마틴 스콜세지

셸브르의 우산 The Umbrellas of Cherbourg, 1964. 자끄 드미

쉰들러 리스트 Schindler's List, 1993. 스티븐 스필버그

슈퍼맨 Superman, 1978. 리차드 도너

스미스 씨 워싱턴 가다 Mr. Smith Goes To Washington, 1939. 프랑크
　　카프라

스탑 로스 Stop-Loss, 2008. 킴벌리 피어스

스트레이트 스토리 The Straight Story, 1999. 데이비드 린치

스틸 앨리스 Still Alice, 2014. 리처드 글랫저

스포트라이트 Spotlight, 2015. 토마스 매키시

슬라이딩 도어즈 Sliding Doors, 1998. 피터 호윗

시 Poetry, 2010. 이창동

시계태엽 오렌지 A Clockwork Orange, 1971. 스탠리 큐브릭

시네마 천국 Cinema Paradiso, 1988. 주세페 토르나토레

시민 케인 Citizen Kane, 1941. 오슨 웰스

시애틀의 잠 못 이루는 밤 Sleepless In Seattle, 1993. 노라 애프론
시티 오브 조이 City of Joy, 1992. 롤랑 조페
식코 Sicko, 2007. 마이클 무어
십계 The Ten Commandments, 1956. 세실 B. 드밀
싸이코 Psycho, 1960. 알프레드 히치콕
씨 인사이드 The Sea Inside, Mar adentro, 2004. 알레한드로 아메나바르

아들의 방 The Son's Room, 2001. 난니 모레티
아마데우스 Amadeus, 1984. 밀로스 포만
아무도 모른다 Nobody Knows, 2004. 고레에다 히로카즈
아무르 Love, Amour, 2012. 미카엘 하네케
아버지의 이름으로 In The Name of The Father, 1993. 짐 쉐리단
아웃 오브 아프리카 Out of Africa, 1985. 시드니 폴락
아이들의 시간 The Children's Hour, 1961. 윌리엄 와일러
아이리스 Iris, 2001. 리처드 에어
아이스 스톰 The Ice Storm, 1997. 이안
아이 엠 샘 I Am Sam, 2001. 제시 넬슨
악마는 프라다를 입는다 The Devil Wears Prada, 2006. 데이비드 플랭클
안나 카레니나 Anna Karenina, 2012. 조 라이트
안드레이 류블료프 Andrei Rublev, 1966. 안드레이 타르코프스키
안티크라이스트 Antichrist, 2009. 라스 폰 트리에

지저스 크라이스트 슈퍼스타 Jesus Christ Superstar, 1973. 노만 쥬이슨
지킬 박사와 하이드 Dr. Jekyll and Mr. Hyde, 2002. 모리스 필립스
진실 Death and the Maiden, 1994. 로만 폴란스키

ㅊ

천국보다 낯선 Stranger Than Paradise, 1984. 짐 자무시
천국을 향하여 Paradise Now, 2005. 하니 아브 아사드
천국의 아이들 Children of Heaven, 1997. 마지드 마지디
체리향기 Taste of Cherry, 1997. 압바스 키아로스타미
체인질링 Changeling, 2008. 클린트 이스트우드
초원의 빛 Splendor In The Grass, 1961. 엘리아 카잔
취한 말들을 위한 시간 A Time for Drunken Horses, 2000. 바흐만
    고바디

ㅋ

카사블랑카 Casablanca, 1942. 마이클 커티즈
카지노 Casino, 1995. 마틴 스콜세지
크래쉬 Crash, 2004. 폴 해기스
크레셴도 Crescendo, 2019. 드로르 자하비
크레이머 대 크레이머 Kramer vs. Kramer, 1979. 로버트 벤튼
크루서블 The Crucible, 1996. 니콜라스 하이트너
클래식 The Classic, 2002. 곽재용

킬링 필드 The Killing Fields, 1984. 롤랑 조페
킹덤 오브 헤븐 Kingdom of Heaven, 2005. 리들리 스콧
킹스 스피치 The King's Speech, 2010. 톰 후퍼

타이타닉 Titanic, 1997. 제임스 카메론
타인의 삶 The Lives of Others, 2006. 플로리안 헨켈 폰 도너스마르크
타인의 취향 The Taste of Others, 2000. 아네스 자우이
타임 투 킬 A Time to Kill, 1996. 조엘 슈마허
태양은 가득히 Purple Noon, 1960. 르네 클레망
택시 드라이버 Taxi Driver, 1976. 마틴 스콜세지
터미널 The Terminal, 2004. 스티븐 스필버그
테레즈 라캥 In Secret, 2013. 찰리 스트래튼
트럼보 Trumbo, 2015. 제이 로치
트리 오브 라이프 The Tree of Life, 2011. 테렌스 맬릭
티파니에서 아침을 Breakfast at Tiffany's, 1961. 블레이크 에드워즈

파리의 미국인 An American In Paris, 1951. 빈센트 미넬리
파리넬리 Farinelli the Castrato, Farinelli : Il Castrato, 1994. 제라르
        코르비오
파리에서의 마지막 탱고 Last Tango in Paris, 1972. 베르나르도 베르톨

루치

파리, 텍사스 Paris, Texas, 1984. 빔 벤더스

파시 Posse, 1993. 마리오 판 비블스

파워 오브 원 The Power of One, 1992. 존 G. 아빌드센

파 프롬 헤븐 Far From Heaven, 2002. 토드 헤인즈

판타지아 Fantasia, 1940. 제임스 알가

패션 오브 크라이스트 The Passion of the Christ, 2004. 멜 깁슨

패치 아담스 Patch Adams, 1998. 톰 새디악

퍼펙트스톰 The Perfect Storm, 2000. 볼프강 페터슨

페인티드 베일 The Painted Veil, 2006. 존 커란

포레스트 검프 Forrest Gump, 1994. 로베트 저메키스

포세이돈 어드벤처 Poseidon, 2006. 볼프강 페터슨

폭력의 역사 A History of Violence, 2005. 데이비드 크로넨버그

폭풍의 언덕 Wuthering Heights, 2011. 안드레아 아놀드

프라이드 그린 토마토 Fried Green Tomatoes, 1992. 존 애브넛

프라이멀 피어 Primal Fear, 1996. 그레고리 호블릿

프라하의 봄 The Unbearable Lightness of Being, 1988. 필립 카우프먼

프리다 Frida, 2002. 줄리 테이머

플래툰 Platoon, 1986. 올리버 스톤

피아노 The Piano, 1993. 제인 캠피온

피아니스트 The Pianist, 2002. 로만 폴란스키

필라델피아 Philadelphia, 1993. 조나단 드미

혹인 오르페 Black Orpheus, Orfeu Negro, 1959. 미르셀 카뮈

히든 피겨스 Hidden Figures, 2016. 테오도어 멜피

힐빌리의 노래 Hillbilly Elegy, 2020. 론 하워드

수필, 영화를 탐하다

초판 인쇄 | 2023년 12월 25일
초판 발행 | 2023년 12월 31일

지은이 | 이 대 범
펴낸이 | 조 승 식
펴낸곳 | (주)도서출판 북스힐

등 록 | 1998년 7월 28일 제22-457호
주 소 | 서울시 강북구 한천로 153길 17
전 화 | (02) 994-0071
팩 스 | (02) 994-0073

홈페이지 | www.bookshill.com
이메일 | bookshill@bookshill.com

정가 15,000원

ISBN 979-11-5971-567-9

* 이 책은 강원특별자치도·강원문화재단의 후원금으로 발간되었습니다.